Im Wald der Wölfe

Astrid Frank wurde 1966 in Düsseldorf als Tochter des Schriftstellers Karlhans Frank geboren, wodurch sie sich schon in frühester Kindheit mit dem Verlagswesen konfrontiert sah. Trotzdem führte sie ihr Weg bereits während ihres Studiums der Germanistik, Biologie und Pädagogik in die gleiche Richtung: Sie war als Lektorin und Rezensentin in mehreren und für mehrere deutsche Verlage tätig und machte außerdem eine Ausbildung zur »Zoobegleiterin des Kölner Zoos«. Nach dem Studium arbeitete sie für ein halbes Jahr in einer Buchhandlung und beleuchtete das Medium Buch damit von einer weiteren Seite. Seit 1996 ist sie freie Lektorin und Übersetzerin, seit 1998 schreibt sie Geschichten (für Kinder). Astrid Frank lebt mit Mann, zwei Söhnen und Hund Aimee in Köln.

Wunderpferde bei Thienemann:

Wunderpferde
Bd. 1: Eine Freundin wie Halla

Wunderpferde
Bd. 2: Mutig wie Terco

Wunderpferde
Bd. 3: Ein Held wie Hidalgo

Mehr über unsere Bücher, Autoren und Illustratoren auf:
www.thienemann.de

THIENEMANN

Frank, Astrid:
Im Wald der Wölfe
ISBN 978 3 522 18517 2

Einbandgestaltung: Max Meinzold
Innenausstattung: Birgit Brandt, Katja Gehrmann
Innentypografie: Kadja Gericke
Reproduktion: Digitalprint GmbH, Stefan Kessler, Stuttgart
Druck und Bindung: GGP Media GmbH, Pößneck

MIX
Papier aus verantwortungsvollen Quellen
FSC® C014496

Inhalt

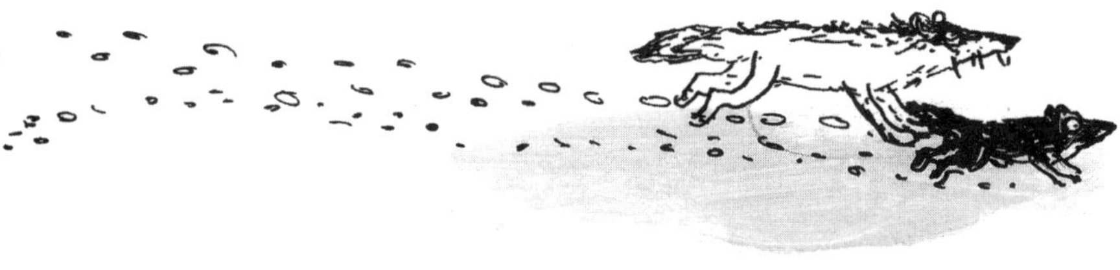

Im Wald der Wölfe

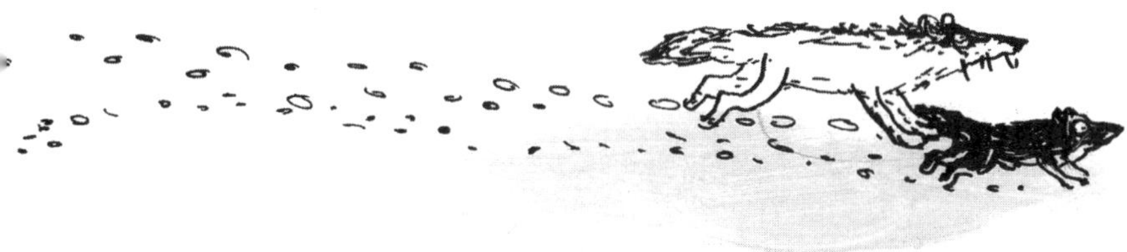

Mit Bildern von Birgit Brandt

Inhalt

Vor über hundert Jahren
wurde der Wolf in Deutschland
ausgerottet.

Erst im Juli 2000
kehrte das erste Wolfsrudel
hierher zurück.

Der Ruf des Käuzchens

Schuhuuu!

Der Ruf eines Käuzchens durchbrach die Stille der Nacht.

Schon in drei Tagen würde Vollmond sein. Dort, wo die Baumwipfel nicht so dicht waren, schien der Mond durch die Äste und erhellte den Waldboden.

Schuhuuu!

Die gelben Augen der Eule trafen auf die bernsteinfarbenen des Tieres, das majestätisch durch den Wald schritt und dem Vogel in diesem Augenblick einen verächtlichen Blick zuwarf. Seine Pfoten hinterließen tiefe Abdrücke in dem weichen Boden. Sie waren so groß wie die Hand eines Schulkindes.

Schuhuuu!

Dem ersten Tier folgte ein zweites. Die beiden Tiere verursachten nicht das geringste Geräusch. Kein Ast am Boden zerbrach unter ihrem Gewicht.

Schuhuuu!

Die Tiere des Waldes hatten ihre Ohren gespitzt.

Achtung! Vorsicht!

Der Ruf des Käuzchens klang wie eine Warnung. Irgendjemand schlich durch den Wald. Ein Räuber, der Beute suchte.

Die Rehe schauten umher. Die Mäuse verkrochen sich unter Blätterhaufen. Die Eichhörnchen drängten sich in den Baumwipfeln aneinander und die Vögel in ihren Nestern zogen die Köpfe ein.

Schuhuuu!

Auch der Hase hatte die Warnung des Käuzchens gehört. Er richtete die Löffel auf, um festzustellen, aus welcher Richtung die Gefahr drohte.

Doch es war bereits zu spät.

Die bernsteinfarbenen Augen des Räubers hatten ihn schon entdeckt.

Der Hase rannte davon. Er schlug wilde Haken und wechselte immer wieder die Richtung. Aber es gab kein Entkommen.

Die beiden Tiere hetzten ihn. Eines stellte sich ihm in den Weg und drängte ihn zurück zu seinem Partner.

Wieder schlug der Hase einen Haken und entging im letzten Augenblick den Fängen des Räubers. Doch als er sich umdrehte, stand dicht vor ihm das andere Tier!

Schuhuuu! Schuhuuu!

Die Pfoten des Hasen zappelten kurz in der Luft. Dann war es wieder still.

Totenstill.

Schuhuuuhuuu!

Die Rehe ließen die Köpfe hängen. Die Mäuse schauten aus den Blätterhaufen hervor. Die Eichhörnchen streckten ihre Köpfe aus den Zweigen und die Vögel in ihren Nestern zwitscherten,

bevor sie ihre Köpfe wieder unter die Gefieder steckten und weiterschliefen.

Kikerikiii!

Jakob drehte sich um und zog seine Bettdecke bis über beide Ohren hoch.

Kikerikiii!

»Blöder Hahn«, schimpfte Jakob. »Wann landest du endlich im Kochtopf?«

Der Hahn ließ sich von Jakobs Flüchen nicht beeindrucken. Er krähte munter weiter. Vielleicht lag es nur daran, dass er Jakob nicht hören konnte?

»Blöder Hahn!«, schrie Jakob.

Kikerikiii!

»Ich mache Brathähnchen aus dir!« Diesmal schrie Jakob noch lauter.

»Jakob?« Seine Mutter streckte den Kopf durch die Zimmertür, die einen Spalt aufstand. »Bist du wach?«

»Nein. Nur der Hahn«, antwortete Jakob. Seine Stimme klang dumpf unter der Decke.

Seine Mutter lächelte. »Papa ist schon fertig mit Frühstück. Wolltest du nicht mit ihm zum Hochstand?«

Jakob brummte etwas, das seine Mutter nicht verstand.

»Soll ich Papa sagen, dass du nicht mitkommst?«

»Doch, doch«, antwortete Jakob und öffnete mühsam die Augen. »Ich komme«, sagte er, während sein Blick wie jeden Morgen als Erstes auf das Poster über seinem Bett fiel. Ein weißer Wolf, sein Lieblingstier, war darauf zu sehen. Der Wolf stand in einer sternenklaren Nacht auf einem Felsvorsprung und heulte den Mond an. Wie viel lieber hätte Jakob dieses Heulen einmal gehört statt dem Krähen des dummen Hahns!

Jakob zog sich an und dachte dabei noch einmal über seinen Berufswunsch nach. Eigentlich war es eine klare Sache, dass er Förster werden würde. Wie sein Vater. Andererseits müsste er dann immer so früh aufstehen. Vielleicht soll-

te er es sich noch einmal überlegen? Er konnte auch Tierarzt werden. Oder Zoodirektor. Oder Tierbuchautor. Oder …

»Jakob? Bist du fertig?« Das war die Stimme seines Vaters.

»Ja doch! Ich komme ja schon!« Hastig schlüpfte Jakob in seine Turnschuhe. Er setzte sich auf die Bettkante. Gerade wollte er die Schnürsenkel binden, als Patty, die Dackeldame, wie eine Kanonenkugel in sein Zimmer schoss und ihm ungestüm das Gesicht ableckte. Dabei verlieh sie ihrer Wiedersehensfreude durch heftiges Schwanzwedeln noch mehr Ausdruck.

Jakob konnte seine Schnürsenkel nicht mehr sehen. Eigentlich konnte er gar nichts mehr sehen. Wenn man einmal von der Zunge der Jagdhündin absah, die überlebensgroß vor seinem Gesicht hing.

»Danke für die Morgenwäsche«, sagte Jakob. Mit einer Handbewegung schickte er Patty aus seinem Zimmer.

Der Dackel gehorchte auf Anhieb.

Gewaschen und mit zugeschnürten Schuhen nahm Jakob das Butterbrot entgegen, das seine Mutter für ihn geschmiert hatte, und folgte seinem Vater und Patty aus dem Haus. Dem Hahn des Nachbarn warf er im Vorübergehen einen bitterbösen Blick zu. »Danke für den Wochenendweckdienst.«

Kikerikiii!

»Ich sage nur ›Brathähnchen‹«, zischte Jakob.

Der Hahn verstummte.

»Na also.«

Die Spur des Räubers

Kein Wölkchen war am Himmel zu sehen, als Jakob mit seinem Vater, dem Förster, durch dessen Revier streifte. Dort, wo die Baumwipfel nicht so dicht waren, schien die Sonne durch die Äste und zauberte Schattenmuster auf den Waldboden.

Seit Jakob sein Butterbrot vertilgt hatte, lief Patty voraus. Vorher war sie dem Achtjährigen nicht einen Zentimeter von der Seite gewichen.

Plötzlich blieb die Hündin stehen, als wäre sie gegen eine unsichtbare Wand gestoßen. Sie machte kehrt und ging, die Nase dicht über dem Boden, zwei Schritte zurück. Sie bohrte ihre Schnauze in den weichen Waldboden.

Dabei wedelte sie aufgeregt mit dem Schwanz. Schließlich nahm sie ihre Pfoten zu Hilfe. Sie buddelte, schnupperte, winselte, wedelte und wurde immer aufgeregter.

»Was hast du denn, Patty?« Der Förster war inzwischen auf gleicher Höhe angelangt. Er beobachtete seine Hündin einen Augenblick. Dann kniete er sich neben sie. Mit prüfendem Blick betastete er den Waldboden.

Patty ging ein Stück zur Seite und bellte.

Jakob beugte sich über seinen Vater. »Was ist?«

»Patty hat hier irgendwas gerochen.« Herr Bergmann ließ die Erde durch seine Finger rieseln. Dann betastete er eine Stelle, die etwas dunkler aussah. »Fühlt sich klebrig an«, sagte er und roch an seiner Haut.

»Was ist das?«, wollte Jakob wissen.

»Riecht nach …«, Jakobs Vater sah zu seinem Sohn auf, »… Blut.«

Patty bellte wie zur Bestätigung, während Jakobs Kinnlade heruntersank.

»Meinst du …«, begann er zögerlich.

Herr Bergmann presste seine Lippen fest aufeinander. Seine Kieferknochen traten hervor. »Dieser verflixte Köter«, zischte er.

»Du meinst, es war wieder Nero?«, fragte Jakob.

»Wer soll es sonst gewesen sein?« Der Förster erhob sich. »Wie oft habe ich Huppertz schon gesagt, er soll besser auf seinen Hund aufpassen. Eines Tages erwischt Nero noch ein Reh! Und dann kann Huppertz was erleben. Das schwöre ich dir.«

Patty sah aus wie eine Schildkröte, die vergeblich versucht, ihren Kopf in den schützenden Panzer zurückzuziehen. Ein wenig ängstlich sah sie zu ihrem Herrn auf. Wieso war er so wütend? Hatte sie etwas falsch gemacht?

Herrn Bergmanns Blick wanderte von seiner Hündin hinüber zu seinem Sohn. Beide sahen ihn besorgt an. Der Förster bemühte sich um ein beruhigendes Lächeln und legte Jakob den Arm um die Schultern.

»Was für ein Tier war es?«, fragte Jakob und malte sich bereits die schaurigsten Jagdszenen in seinem Kopf aus.

»Nichts Großes«, antwortete der Förster. »Vermutlich ein Hase.« Er kratzte sich nachdenklich am Kopf. »Merkwürdig, dass Nero seine Beute dieses Mal nicht liegen gelassen hat.«

Patty schnupperte ein letztes Mal an der Stelle, an der ein Hase sein Leben verloren hatte. Dann jagte sie ihrem Herrn und Jakob hinterher, überholte sie und lief wieder voraus.

In der Ferne rief ein Käuzchen.

Bauer Huppertz verschränkte die Arme vor der Brust und legte sein Kinn in dicke Falten. »Nero war es nicht. Er kann es nicht gewesen sein.«

»Das behaupten Sie jedes Mal«, antwortete der Förster erbost.

Jakob stand neben seinem Vater und sah zwischen den beiden Männern hin und her, die stumm ihre Kräfte maßen.

Wenn Blicke töten könnten, dachte Jakob. Bauer Huppertz war groß und kräftig. Er hatte Hände wie Baggerschaufeln. Mit dicken Fingern, die von der harten Feldarbeit rau und schwielig waren.

Verglichen mit dem Landwirt sah der Förster fast mickrig aus. Obwohl er ebenfalls nicht klein war. Aber schlank und drahtig.

Nero, der Beschuldigte, übernahm das Reden und kläffte die drei Besucher, den Förster, Jakob und Patty, an. Sein tiefes, heiseres Bellen klang bedrohlich.

Patty schmiegte sich an das Bein ihres Herrn und tat so, als hätte sie den anderen Hund noch gar nicht bemerkt: Sie starrte beharrlich in die entgegengesetzte Richtung, als hätte sie nur Augen für den überaus interessanten Strauch hinten links. Den dritten von rechts.

Jakob blickte zu dem Hund hinüber, der an seiner Kette zerrte und versuchte, seinem Herrn zu Hilfe zu eilen.

Obwohl ihm Kettenhunde immer leidta-

ten, war er in diesem Fall froh, dass es etwas gab, das Nero zurückhielt. Die Lefzen der schwarzen Dogge blähten sich auf wie Segel im Wind, während der Hund immer lauter bellte und dabei literweise Spucke in einem Umkreis von mindestens einem Meter um sich verteilte.

»Sie sehen doch: Der Hund ist an der Kette.« Bauer Huppertz musste laut sprechen, um Neros Getöse zu übertönen.

»*Jetzt* ist er an der Kette«, antwortete der Förster ebenso laut. »Aber war er es auch letzte Nacht?«

»Nero ist immer an der Kette«, behauptete Huppertz mit einem Grinsen.

Der Förster zog schweigend eine Augenbraue hoch.

Jeder im Dorf hätte gewusst, dass das eine Lüge war. Der Bauer ging nachts mit Nero spazieren, wenn alle schliefen. Denn nur dann konnte er ganz sicher sein, niemandem zu begegnen. Sobald Nero ein anderes Tier sah, wurde er nämlich zur Bestie. Selbst der dicke Bauer konnte sich nicht mehr auf den Beinen halten, wenn Nero an der Leine zog.

»Ich warne Sie«, sagte der Förster streng. »Sollte ich Nero noch einmal erwischen, schicke ich Ihnen das Ordnungsamt auf den Hals. Dann ist der Hund fort.«

»Pffff«, machte Bauer Huppertz mit einer wegwerfenden Handbewegung.

Jakob und Patty waren froh, als sie den Hof des Landwirts endlich verlassen konnten und Neros Bellen hinter ihnen leiser wurde.

»Glaubst du ihm?«, fragte Jakob seinen Vater, während sie durch das Dorf zurück nach Hause gingen.

»Natürlich nicht«, antwortete Herr Bergmann. »Wenn es nicht Nero war, wer soll es dann gewesen sein?«

Ja, das genau ist die Frage, überlegte Jakob im Stillen weiter. Wer soll es dann gewesen sein?

Im Wald der Wölfe

Die Wölfin hechelte. Das graubraune Fell an ihrer Brust hob und senkte sich bei jedem Atemzug. Immer wieder leckte sie mit ihrer Zunge über die Nase und rechts und links am Maul entlang.

In dem Bau war es still. Kein Geräusch drang durch den langen Gang ins Innere.

Als das erste schieferblaue Bündel zwischen ihren Beinen lag, leckte die Wölfin es gründlich sauber und durchbiss die Nabelschnur. Mit zarten Nasenstübern wies sie ihrem Kind den Weg zur nährenden Zitze.

Vor dem Bau stolzierte der Wolfsrüde auf und ab. Ebenso wenig wie von außen ein Geräusch nach innen drang, konnte er hören, was im In-

neren vor sich ging. Obwohl er sehr gute Ohren hatte.

So hörte er nicht, wie der zweite Welpe zur Welt kam und ihm, genauso wie zuvor seinem Bruder, von der Mutter der Weg zur Milchquelle gezeigt wurde. Er wusste nichts von dem dritten und dem vierten kleinen Wolf, die sich nach den Anstrengungen der Geburt blind und nahezu taub neben ihren Geschwistern an der Milch der Mutter labten.

Als er es schließlich nicht mehr aushielt und nach seiner Familie sah, wurde er mit vier gesunden Kindern überrascht.

Liebevoll leckte er der Wölfin über das Gesicht.

Und die Wölfin nahm diese Zärtlichkeit hingebungsvoll entgegen.

Dann machte sich der Wolf auf den Weg, um seiner neuen Rolle als Familienvater und Versorger gerecht zu werden: Bei Anbruch der Dämmerung begab er sich allein auf die Jagd. Das Weibchen brauchte jetzt besonders nahrhaftes Futter, um die Kleinen gut versorgen zu können.

Und er würde es ihr bringen.

»Ich erwarte nun wenigstens eine Entschädigung!« Das Gesicht von Bauer Jung war so rot, dass Jakob fürchtete, sein Kopf würde gleich platzen wie ein zu stark aufgeblasener Luftballon.

»Pfff«, machte sein Nachbar, Bauer Huppertz. »Von mir aber nicht.«

»Natürlich von dir! Von wem denn sonst?« Bauer Jung schrie seinen Zorn heraus.

»Nero war es nicht.«

Die beiden Streithähne standen sich gegenüber wie in einem Boxring. Umgeben von der Mehrzahl der Einwohner des kleinen Dorfs Guthausen. Die Stimmung war gereizt. Jeden Augenblick konnte einer der beiden Männer die Kontrolle verlieren und die Faust erheben.

»Jeder hier weiß, dass dein Hund wildert«, schimpfte Herr Jung weiter und mindestens ein Dutzend Köpfe hinter ihm nickten zustimmend.

»Und in der letzten Nacht hat er mein Lamm gerissen!«

»Kannst du das beweisen?«

Jung und seine Anhänger schwiegen.

»Vermutlich ist dein Lamm abgehauen und hat sich verlaufen«, scherzte Bauer Huppertz und einige Männer lachten.

Erstaunt stellte Jakob fest, dass Jungs Gesicht noch roter werden konnte. Es war jetzt fast lila.

Bauer Huppertz grinste. »Wo ist denn dein Lamm? Oder das, was davon übrig ist, hä?«

»Das solltest du besser deinen Hund fragen!«, tobte Jung.

»Einen Augenblick.« Ohne darüber nachzudenken, hatte der Förster einen Zeigefinger in die Luft gestreckt, als er sich zu Wort meldete. »Heißt das, es gibt keine Spuren von dem getöteten Lamm?«

»Nein«, antwortete Herr Jung. »Außer einem Loch im Zaun …«

»Das schon seit Tagen da ist«, unterbrach ihn Bauer Huppertz.

Jung warf ihm einen bitterbösen Blick zu und begann noch mal: »Außer dem Loch, einem Blutfleck und einer Schleifspur hat dieses schwarze Monster von meinem Lamm nichts übrig gelassen.«

»Das ist aber merkwürdig«, sagte Herr Bergmann und kratzte sich an seinem nicht vorhandenen Bart. »Bislang hat Nero sich nie für seine Beute interessiert, nachdem er sie erlegt hatte. Und jetzt soll er sie sogar fortgeschleift haben? Noch dazu ein so großes Tier wie ein Lamm?«

»Ja, sag ich doch«, sagte Bauer Huppertz. »Nero war's nicht.«

»Wer soll es sonst gewesen sein?«, fragte Bauer Jung und sprach damit aus, was alle anderen dachten: Wer sollte es sonst gewesen sein?

»Wonach suchen wir eigentlich?« Jakob musste sich anstrengen, mit seinem Vater Schritt zu halten, während sie durch den Wald liefen.

»Nach Spuren.« Der Förster hielt den Blick starr auf den Waldboden gerichtet.

»Und nach was für Spuren?«, bohrte Jakob.

»Ich weiß es selbst nicht«, lautete die unbefriedigende Antwort. »Nach Spuren halt. Reste der getöteten Tiere, Ausscheidungen …«

»Ausscheidungen?«

»Ja, Kot.«

»Kacke!«

Der Förster warf seinem Sohn einen strafenden Blick zu, aber um seine Mundwinkel spielte ein Lächeln.

Jakob hüpfte auf einem Bein herum und verzog angewidert das Gesicht.

»Was ist?«, fragte sein Vater.

»Hab ich doch gerade gesagt: Ich bin in Kacke getreten«, erklärte Jakob und hielt ihm den Fuß mit dem beschmierten Schuh entgegen.

»Da drüben ist Gras«, sagte der Förster. »Streif es dort ab.«

Jakob hüpfte auf einem Bein zum Wegesrand. Er wollte soeben den Schuh am Gras reinigen, als die Stimme seines Vaters ihn zurückhielt.

»Warte mal!« Herr Bergmann ging eiligen Schrittes auf Jakob zu. Der Junge versuchte zunehmend schwankend das Gleichgewicht zu halten. Der Förster hielt Jakobs Bein fest und musterte mit zusammengekniffenen Augen das Corpus Delicti, das Beweisstück.

Jakob hüpfte auf und ab, hin und her.

»Hm«, machte sein Vater.

»Was heißt ›hm‹?«, wollte Jakob wissen. Allmählich wurde ihm bei dem Rumgehüpfe ziemlich warm. Sein Vater konnte sich ruhig ein bisschen beeilen.

»Eine merkwürdige Farbe«, murmelte der Förster. »Für einen Hund zu grau ... Hoher Knochenanteil. Und drinnen ...«, Jakob wurde schlecht, »gelblich, körnig.« Der Vater rümpfte die Nase und schnupperte. »Riecht kaum. Eigentlich gar nicht.«

»Ich möchte es trotzdem gerne loswerden«, sagte Jakob und kämpfte gegen den Brechreiz an. Er hielt sich mittlerweile an einem Baumstamm fest.

Herr Bergmann gab sein Bein frei.

Erleichtert wischte Jakob seine Schuhsohle am Gras ab. »Und?«, fragte er. »Alter, Gewicht, Geschlecht, Haarfarbe, Augenfarbe, Adresse, Geburtsdatum, besondere Kennzeichen?«

Sein Vater sah ihn verständnislos an.

Jakob übersetzte: »Konntest du den Schwerverbrecher, der in deinen Wald gekackt hat, überführen?«

Der Förster grinste. »Ich bin mir nicht sicher«, antwortete er. »Es ist so … unglaublich.«

»Was ist unglaublich?«

»Nun«, sagte sein Vater. »Sein Alter: zwischen einem und acht Jahren. Eher weniger. Gewicht: um die vierzig Kilo. Haarfarbe: braungrau. Augenfarbe: bernstein. Besondere Kennzeichen: hochintelligent, scheu und sehr, sehr selten.«

Jetzt war es Jakob, der verständnislos aussah.

»Der Kot an deinem Schuh heißt Losung. Und er stammt …« Herr Bergmann stockte, als traue er sich nicht, seinen Verdacht auszusprechen. »Er stammt von einem Wolf.«

»Wir müssen sofort etwas unternehmen!«

»Ja, genau!«

»Wir können nicht zulassen, dass diese Bestie unser Vieh tötet.«

»Und unsere Kinder in Gefahr bringt!«

»Unseren Wald unsicher macht!«

»Da kann sich ja keiner mehr aus dem Haus trauen!«

»Geschweige denn in den Wald!«

»Wir müssen Fallen aufstellen!«

»Quatsch. Erschießen!«

»Halt! Stopp!« Der Förster hielt einen Arm in die Luft, aber niemand beachtete ihn.

»Ich hole mein Gewehr.«

»Ich auch.«

Zwei Männer stürmten bereits zur Tür des Versammlungsraums in der alten Dorfschänke.

»Ich sagte H-A-L-T!« Mit zwei großen Schritten war Herr Bergmann bei der Tür. Er stellte sich mit ausgebreiteten Armen davor.

Jakob bewunderte seinen Vater. Er selbst hätte sich nicht getraut, sich der tobenden Menge

in den Weg zu stellen. Alle Männer des Dorfes zwischen zwanzig und siebzig waren in diesem Raum versammelt. Es gab keinen, der nicht der Aufforderung des Försters zu diesem Informationsabend gefolgt war. Jedoch war die Sache den Händen des Försters schnell entglitten. Er hatte das Wort »Wolf« kaum ausgesprochen, da schrien alle wild durcheinander. Selbst Bauer Jung und Bauer Huppertz standen einträchtig auf einer Seite nebeneinander. Dem Förster gegenüber. Von ihrem letzten Streit war nichts mehr zu spüren.

Die Luft war stickig. Trotz der geöffneten Fenster. Aufgeheizt durch die knapp hundert Männer, die sich nur mühsam beruhigten und offensichtlich nicht willens waren, dem Förster noch länger untätig zuzuhören.

»Der Wolf stellt für die Dorfbevölkerung keine Gefahr dar …«, schrie Herr Bergmann.

Aufgeregte Zwischenrufe ließen aber keinen Zweifel daran, wie wenig Glauben dieser Behauptung des Försters geschenkt wurde.

»Der Wolf wird sich von unserem Dorf fern halten. Er ist scheu und traut sich nicht in die Nähe von Menschen …«

»Und mein Lamm ist zu ihm in den Wald gelaufen, oder was?« Das war die Stimme von Bauer Jung. »Er war doch schon in der Nähe des Dorfs!«

Zustimmendes Grummeln erfüllte nun den Raum.

»Vermutlich ist er allein«, sagte der Förster. »Und deshalb auf einfache Beute angewiesen.«

»Und unsere Kinder sind auch einfache Beute?«

»Ja, genau!«

»Richtig!«

»Nein!«, schrie der Förster. »Wir müssen uns nur überlegen, wie wir unser Vieh vor ihm schützen. Dann können wir friedlich mit ihm leben.«

»Ha! Friedlich mit einem Wolf leben! Dass ich nicht lache!«

»Das ist ja das Letzte!«

»Guter Witz!«

»Das kannst du deiner Großmutter erzählen!«

»Großmutter ist ein gutes Stichwort!«

»Ja, genau! Bergmann erzählt uns Märchen!«

Die Männer lachten, aber es war kein fröhliches Lachen. In Jakobs Ohren klang es sehr bedrohlich.

»Ob es euch passt oder nicht«, sagte der Förster. »Der Wolf ist da. Und er steht unter Artenschutz. Wer ihn erschießt, macht sich strafbar.«

»Pah! Diese Tierschützer interessieren hier keinen!«

»Genau! Die müssen ja schließlich nicht bei uns leben!«

»Das sind doch alles Städter! Die haben doch keine Ahnung!«

Einer der Männer tat so, als würde er ein Gewehr anlegen. »Peng!«, machte er und ging einen Schritt rückwärts, als müsse er den Rückschlag abfangen. »Huch«, rief er dann. »Ich dachte, es sei ein tollwütiger Hund!«

Wieder lachten die anderen Männer und

schlugen dem Schauspieler anerkennend auf die Schulter.

Jakob spürte, wie sich die Haare an seinen Armen aufstellten. Er bekam eine Gänsehaut.

Jäger und Gejagte

Die Stimmung am nächsten Morgen auf dem Dorfplatz erinnerte Jakob ein wenig an das letzte Schützenfest. Jeder in Guthausen, der mindestens ein Bein hatte, schien auf der Straße zu sein. Eins jedoch unterschied sich vom Fest im letzten Jahr: Die Stimmung war aggressiver.

Aufgeregt schrien die Männer einander Kommandos zu, schulterten Gewehre und rollten Fangstricke wie Lassos auf.

Jakobs Herz pochte. Die Situation hatte etwas Bedrohliches. Ängstlich blickte er zu seinem Vater auf.

Auch der Förster schien nervös zu sein.

»Was haben sie vor?« Jakobs Stimme zitterte.

»Ich weiß es nicht«, antwortete sein Vater.

»Werden sie ihn töten?«

»Ich sag doch, ich weiß es nicht.« Mit verschränkten Armen lehnte der Förster am Rand des alten Brunnens, aus dem schon lange kein Wasser mehr geschöpft wurde. Er schien verzweifelt nach einer Möglichkeit zu suchen, dem Treiben im letzten Augenblick doch noch Einhalt zu gebieten. Irgendein Argument zu finden, das die Männer von ihrem Vorhaben abhielt. Dabei hatte er schon alles unternommen, was in seiner Macht stand. Vergebens.

Etwa dreißig Männer mit einem halben Dutzend Hunden machten sich schließlich lärmend auf den Weg, nachdem sie sich mit Schulterklopfen und Händedrücken gegenseitiger Einigkeit und Zusammengehörigkeit versichert hatten. Auch Huppertz und Jung, die beiden verfeindeten Bauern, stellten dabei keine Ausnahme dar.

Jakob und sein Vater sahen dem Trupp hinterher, der in Richtung Wald die Hauptstraße des Dorfes entlangmarschierte.

Dann legte sein Vater Jakob die Hand auf die Schulter. »Komm«, sagte er. »Lass uns nach Hause gehen.«

Doch sosehr er es auch versuchte, Jakob konnte sich einfach nicht auf seine Schulaufgaben konzentrieren. Immer wieder stand er von seinem Schreibtisch auf und ging zum Fenster. Wann kehrten die Männer endlich von ihrer Jagd auf den Wolf zurück?

»Mach dir keine Sorgen«, hatte sein Vater ihn zu beruhigen versucht. »Sie werden ihn nicht finden.« Aber Jakob machte sich Sorgen.

Verängstigt drängten sich die Wolfswelpen aneinander und suchten am Körper ihrer Mutter Schutz. Der Vater reckte die Nase in die Höhe und schnupperte. Und was er da roch, beunruhigte ihn: Es roch nach Menschen. Er konnte sogar riechen, dass diese Menschen aufgeregt waren. Und es waren viele Menschen! Der Geruch

war sehr stark. Und er wurde immer stärker. Die Menschen kamen näher.

Die Mutter biss dem ersten Welpen behutsam in den Nacken und trug ihn in den Bau. Der Vater folgte mit dem zweiten. Und gemeinsam holten sie ihr drittes und viertes Kind.

Die Wolfsfamilie rollte sich im Bau eng aneinander. Doch immer wieder kehrte der Vater an die Erdoberfläche zurück, um nach dem Rechten zu sehen. Und jedes Mal kehrte er besorgter wieder um. Die Menschen waren nicht mehr weit entfernt. Und sie hatten Hunde dabei. Die Hunde würden den Wolfsbau finden. Sie würden die wehrlosen Welpen finden.

Der Vater hatte Angst. Angst um seine Familie. Angst um seine Kinder.

Als er das nächste Mal den Bau verließ, um sich einen Überblick zu verschaffen, wusste er, was er tun musste, um seine Kinder zu retten.

Mit einem letzten Blick zurück auf den Bau schlich er sich durch das Unterholz davon. Dem Lärm entgegen.

Jakob lauschte. Er hörte das Knarren des Holzbodens im Erdgeschoss des alten Fachwerkhauses. Als könne er durch Mauern blicken, sah er seinen Vater im Wohnzimmer auf und ab gehen. Auch der Förster war nervös und wartete gespannt auf die Rückkehr der Männer. Und wie sein Sohn hoffte er, dass ihre Jagd erfolglos blieb.

Jakob wusste eine Menge über Wölfe. Wenn ihm nur jemand zugehört hätte, dann hätte er den Männern gesagt, wie sie ihre Tiere auf der Weide vor dem Wolf schützen konnten. Aber wer hörte schon einem achtjährigen Kind zu? In Gedanken spielte Jakob das Gespräch durch, das niemals stattgefunden hatte und das niemals stattfinden würde: »Man muss nur Lappen an den Zaun hängen. Das ist für Wölfe wie eine Mauer. Kein Wolf würde jemals unter einem Stofffetzen hindurchgehen, der sich im Wind bewegt.« Aber er hatte diesen Satz nicht gesagt und deshalb blieb ihm jetzt nichts anderes übrig, als auf die Rückkehr der Jäger zu warten.

Der Wolf reckte erneut seine Nase in die Luft. Die Menschen und Hunde waren jetzt ganz nah.

Er stand regungslos da und nahm die Witterung auf. Sein langes braungraues Fell bauschte sich im Wind auf. Das Herz des Raubtiers ging schnell.

Als er ein Rascheln hörte, zuckte der Wolf zusammen. Aber noch flüchtete er nicht, sondern stellte sich der Gefahr.

Heiser kläffend sprang der erste Hund aus dem Gebüsch hervor. Hinter ihm folgte der Rest der Meute. Die Nackenhaare der Tiere stellten sich auf. Der Wolf stand einem Rudel Hunde gegenüber, die ihn wild anbellten und knurrten. Aber keiner von ihnen traute sich, den Wolf anzugreifen, der stehen blieb, als wäre er bereit, bis zum bitteren Ende zu kämpfen.

»Hier ist er!«

»Die Hunde haben ihn!«

»Schnell!«

Als hätte er einen Startschuss gehört, drehte sich der Wolf um und rannte davon. Nun war er

das Opfer, die Beute, die gejagt und erlegt werden sollte. Die Hunde hetzten ihn und die Jäger folgten den Hunden.

Der Wolf lief um sein Leben. Und um das seiner Kinder. Er rannte, so schnell er konnte. Und die Hunde und Menschen folgten ihm. Sie verfolgten ihn und kehrten dabei dem Wolfsbau, in dem die Mutter mit ihren Welpen lag, den Rücken zu. Der Wolf lockte die Männer von seiner Familie fort. Er jagte durchs dichte Unterholz, sprang über umgestürzte Baumstämme und schlug immer wieder unerwartet eine neue Richtung ein.

Plötzlich gellte ein Schuss.

Der Wolf überschlug sich im Laufen und blieb einen Augenblick regungslos liegen. Fast schon waren die Hunde über ihm. Doch im letzten Moment rappelte sich das Tier auf und verschwand im dichten Buschwerk.

Das Grölen ließ Jakob aufhorchen. Er schob so eilig seinen Schreibtischstuhl zurück, dass Patty,

die Dackeldame, keine Zeit mehr hatte, sich in Sicherheit zu bringen. Sie winselte, als die Rollen des Stuhls ihre Schwanzhaare einklemmten. Doch Jakob achtete nicht auf sie. Er stürzte zum Fenster und beobachtete die Jäger, die in diesem Augenblick lachend ins Dorf zurückkehrten.

Sie haben ihn!, war Jakobs erster Gedanke. Die Männer wirkten zufrieden. Sicher hatten sie den Wolf erlegt. Aber wo ist er?, überlegte Jakob weiter. Doch nirgends konnte er den Kadaver des getöteten Tieres entdecken. Würden die Männer sich wirklich die Genugtuung entgehen lassen, ihre Beute ins Dorf zu bringen? Um sie dort herzuzeigen wie eine Trophäe?

Ein Funken Hoffnung keimte in Jakob auf. Vielleicht war der Wolf ihnen doch entkommen?

Ein Funken Hoffnung

»Wir haben ihn!«

»Die Bestie ist tot!«

»Er ist erledigt!«

Die Rufe schallten Jakob entgegen, bevor die Jäger die Mitte des Marktplatzes erreicht hatten.

Inmitten der Jubelschreie und Hurrarufe fühlte sich Jakob allein und verloren. Obwohl er in einer Menschentraube stand, hatte er sich selten so einsam gefühlt.

Selbst seine Schulkameraden hüpften erleichtert auf und ab und seine beste Freundin Meike strich ihm strahlend über den Arm. Als sie sein fassungsloses Gesicht bemerkte, gefror ihr Lächeln zu einer Grimasse.

Wortlos wandte sich Jakob um und rannte da-

von. Er hatte genug gehört. Jetzt wollte er wirklich allein sein. Seine Tränen würde hier sowieso niemand verstehen.

Das Gelächter, die Gratulationen an die Jäger und die Freudenschreie hinter ihm wurden leiser, während er, so schnell er konnte, nach Hause lief. Der Wolf war tot! Sie hatten ihn umgebracht. Wieder einmal! Seit über hundert Jahren gab es in Deutschland keine Wölfe mehr. Und wenn es mal einer wagte, über die Grenze zu kommen, war das sein Todesurteil.

Jakob hörte nicht auf zu rennen, bis er endlich in seinem Zimmer angelangt war und sich aufs Bett fallen ließ.

Er bekam nicht mit, dass sein Vater nach Hause zurückkehrte und mit seiner Mutter sprach. Und so dauerte es bis zum Abend, ehe er erfuhr, dass die Männer den Wolf zwar verletzt, aber nicht gefangen hatten.

»Das heißt, er lebt vielleicht noch?« Jakob richtete sich auf und wischte sich mit dem Handrücken über seine tränenverschmierten Wangen.

Erst jetzt wandte er seinem Vater das Gesicht zu. Der saß bereits seit einigen Minuten auf der Bettkante bei seinem Sohn.

»Ich glaube nicht«, sagte sein Vater. »Ich *hoffe* nicht. Er muss schwer verwundet sein. Und wenn er seinen Verletzungen noch nicht erlegen ist, dann ist sein Todeskampf lang und bitter.« Er schüttelte den Kopf. »Diese Dilettanten.«

»Dile-was?«

»Dilettanten. Amateure. Anfänger. Leute, die nicht vom Fach sind, die keine Ahnung haben. Ich könnte … Ach, das hat ja doch alles keinen Sinn.«

»Was denn?« Jakob spürte die Wut seines Vaters. Und er verstand seine Hilflosigkeit. Es war schwer, allein für Recht und Ordnung einzutreten, wenn einem Hunderte auf der anderen Seite gegenüberstanden. Darunter Familienmitglieder und Freunde. In ganz Guthausen mit seinen 304 Einwohnern war die Familie des Försters offensichtlich die einzige, die nicht gegen den Wolf war und der sein Tod leidtat.

Jakob träumte. Im Traum ging er durch den Wald. Er ging nicht nur. Er rannte. Er rannte um sein Leben. Irgendjemand oder irgendetwas war hinter ihm her. Atemlos sprang er über umgestürzte Bäume, kämpfte sich durchs Unterholz und blickte immer wieder über seine Schulter zurück. Doch da war nichts. Trotzdem wusste er, dass er sich in Gefahr befand. Er wollte schneller rennen. Doch im Traum bewegte er sich kaum von der Stelle. Als seien seine Beine aus Blei. Er schrie, aber kein Ton kam über seine Lippen. Dann stolperte er und fiel der Länge nach hin. Mit angstverzerrtem Gesicht blickte er hoch und erwartete, in das Antlitz seines Verfolgers zu sehen. Endlich würde er erfahren, wovor er eigentlich davonlief!

Jakob wachte auf. Er war schweißgebadet. Trotz der Erleichterung, dass er nur einen Albtraum gehabt hatte, war Jakob enttäuscht. Nun würde er nicht mehr erfahren, was ihn eigentlich so in Angst und Schrecken versetzt hatte. War er im Traum vor einer Bestie geflohen?

Vielleicht vor einem Wolf? Oder war er selbst der Wolf gewesen, der von den Jägern durch den Wald gehetzt wurde?

Auf einmal wusste Jakob, was er zu tun hatte. Entschlossen schlug er die Bettdecke zurück und stand auf.

Seine Eltern schliefen noch, als Jakob auf Socken durch den Hausflur schlich. Seine Turnschuhe trug er in der Hand. Er zog leise die Tür hinter sich zu, setzte sich auf die Stufen und schlüpfte in seine Schuhe.

Auf den Gräsern und Blättern lag noch Tau. Doch die Sonne hatte bereits viel Kraft. Als Jakob über eine Lichtung ging, sah er, wie sich der Tau in Nebel verwandelte. Der Nebel stieg in die Höhe und löste sich dort auf. Es würde ein schöner Tag werden.

Jakobs Magen knurrte. Er hatte vergessen, sich ein Brot mitzunehmen. Der Junge wusste nicht, wonach er eigentlich suchte oder was er tun würde, wenn er tatsächlich etwas fand. Er

spürte nur diese innere Unruhe, die ihn antrieb, etwas zu unternehmen. Irgendetwas zu tun, das dieses Unrecht wieder gutmachte. Wenn das überhaupt möglich war.

Auf jeden Fall würde es ihm bessergehen, wenn er Klarheit hatte. Wenn er wusste, ob der Wolf noch lebte oder ob er bereits tot war.

Die abgeknickten Äste eines Buschs und die platt getretenen Blätter eines Farns zeigten Jakob, dass er auf dem richtigen Weg war. Hier mussten sie langgegangen sein. Die Jäger und ihre Hunde. Sie hatten alles niedergewalzt, was ihnen im Weg war. Wie Bulldozer hatten sie sich durch den Wald bewegt, den sie doch angeblich schützen wollten.

Als Jakob in diesem Augenblick fand, wonach er suchte, war er von seiner eigenen Reaktion überrascht. Schließlich hatte er damit gerechnet, doch jetzt schien es ihm, als wäre er völlig unvorbereitet.

Es war mehr Blut, als er erwartet hatte. Eine Schleifspur, die ins Gebüsch führte, zeigte, dass

der Wolf nicht mehr richtig laufen konnte. Offenbar zog er einen seiner Hinterläufe nach.

Jetzt verstand Jakob, warum die Jäger sich ihrer Sache so sicher waren: Mit dieser Verletzung war es nur eine Frage der Zeit, bis der Wolf sterben würde.

Die Nase des Wolfs zitterte. Er hob den Kopf und hielt die Schnauze in den Wind. Da war wieder dieser Geruch. Dieser Geruch, von dem er wusste, dass er Gefahr bedeutete. Doch diesmal war der Geruch längst nicht so stark. Und es waren auch keine Hunde dabei.

Die Wölfin sah ihren Partner an. Dann reckte auch sie die Nase in die Höhe und nahm die Witterung auf. Auch sie konnte den Menschengeruch wahrnehmen. Lautlos sprang sie auf und beeilte sich, ihre Kinder einzusammeln und in den schützenden Bau zu bringen, vor dem die Welpen ihre ersten Spiele probten.

Auch der Wolf erhob sich jetzt. Er stemmte sich mühsam mit den Vorderpfoten hoch. Als

er die Hinterläufe belasten wollte, knickte er weg und wäre beinahe wieder umgefallen. Er schleppte sich vorwärts und zog sein linkes Hinterbein nach. Die Hüfte, in der die Kugel steckte, war dick und geschwollen. Sie bereitete ihm bei jedem Schritt Schmerzen.

Der Hühnerdieb

Die neu gewonnene Einigkeit unter den Männern im Dorf hielt nicht lange an. Noch Wochen später sollten die Guthausener von dem Schreck reden, den die arme alte Adda bekommen hatte, als sie frühmorgens im Hühnerstall nach Eiern suchen wollte.

Dabei hieß Adda gar nicht Adda, sondern Frieda. Aber sie und ihre Schwester Adelheid wurden von allen im Dorf nur hochachtungsvoll die »alten Addas« genannt. Die alten Addas wussten alles und konnten alles. Es gab kein Hausmittelchen gegen Erkältungen, das sie nicht kannten. Sie waren immer zur Stelle, wenn man Hilfe brauchte. Und sie versorgten Guthausen mit frischen Eiern.

Bis zu diesem Morgen.

Die alte Adda wollte also gerade die Eier einsammeln. In ihrer Armbeuge baumelte der geflochtene Weidenkorb, in den sie die Eier für gewöhnlich legte. Sie ging schon ein wenig krumm. Was ihr niemand übel nahm. Schließlich war sie, die jüngere der beiden Schwestern, schon 78.

Zum Glück war der Weidenkorb noch leer, als Frieda die Tür zum Hühnerstall öffnete. Sonst wären die schönen Eier allesamt zerbrochen, als ihr vor Schreck der Korb aus der Hand glitt.

Überall flogen Federn herum. Bevor Adda, die eigentlich Frieda hieß, ohnmächtig wurde, sah sie als Letztes in das hässliche schwarze Gesicht des Monsters, das sie mit seinen blutunterlaufenen Augen anstarrte. In seinem riesigen Maul hing ein Huhn, dessen Kopf an dem langen Hals schlaff nach unten baumelte.

Als die jüngere der beiden Schwestern nicht zurückkehrte, machte sich die ältere Sorgen.

Der Schrei, den Adelheid ausstieß, als sie Frieda auf dem Boden vor dem Hühnerstall liegend vorfand, hatte eine ähnliche Wirkung wie der Feueralarm des Dorfes: Innerhalb weniger Sekunden hatten sich die Nachbarn auf dem Hof der beiden alten Frauen versammelt.

Natürlich dachten alle zuerst, Frieda sei tot! Und einige stießen einen Schrei aus, als sie in diesem Moment die Augen öffnete und sich verwirrt umsah.

Dann machte sich Erleichterung breit und anschließend Wut. Wut auf Bauer Huppertz und seinen Hund Nero. Denn Friedas Erinnerung kehrte erstaunlich schnell zurück und sie berichtete allen, die es hören wollten – und es wollten alle hören –, von dem schrecklichen Erlebnis.

»Es war furchtbar!«, sagte sie und schüttelte den Kopf.

Jakob stand zwischen seinem Vater und Meike, die wie alle anderen die alte Frau umringten und ihrem Bericht lauschten.

Frieda nahm einen Schluck von dem Wasser, das man ihr gereicht hatte, und Jakob sah, wie ihr Gebiss wackelte, als sie den Mund aufmachte.

»Ich öffne also die Tür«, erzählte Frieda zum mindestens achten Mal, denn es kamen immer mehr Guthausener dazu, die auch alles aus erster Hand erfahren wollten, »und sehe diese Bestie, die eins meiner Hühner im Maul hat. Ich dachte, mein letztes Stündlein hätte geschlagen.«

»Aber wie ist Nero überhaupt reingekommen?«, fragte Herr Bergmann.

»Die Tür ist doch nur angelehnt. Er muss sie mit der Schnauze oder einer Pfote geöffnet haben«, erklärte Frieda.

»Und Sie sind sicher, dass es Nero war?«, hakte der Förster nach.

»Hundertprozentig«, antwortete Frieda.

»Da machen wir uns Sorgen um den Wolf und dabei lebt die größte Gefahr mitten unter uns!«

Dieser Satz schlug ein wie eine Bombe. Hatte es vorher hier und da Getuschel gegeben, so

war es jetzt mucksmäuschenstill. Alle starrten die Sprecherin an. Jakob konnte an den Gesichtern sehen, wie die Erkenntnis schlagartig einsetzte: Die alte Adda hatte recht.

Die Gefahr lauerte nicht im Wald, sie lebte hier, mitten unter ihnen! Und sie hatte einen Namen: Nero!

»Die Leute sind doch selber schuld!« Bauer Huppertz stellte sich schützend vor seinen Hund. Nero saß im Zwinger und bellte die Besucher ausnahmsweise einmal nicht an. Im Gegenteil, er sah fast ein wenig schuldbewusst aus, fand Jakob.

»Ich habe Ihnen gesagt, dass ich Sie nicht noch mal davonkommen lasse, wenn Sie Nero nicht unter Kontrolle bringen können.« Der Förster war der Wortführer. Doch diesmal standen ein halbes Dutzend Männer hinter ihm.

»Der eine hat 'n Loch im Zaun, der Nächste macht noch nicht mal den Riegel vor seine Tür …« Bauer Huppertz schüttelte unschuldig

den Kopf. »Und dann wollen Sie mir die Schuld in die Schuhe schieben?«

»Das ist noch lange keine Einladung zur Selbstbedienung für Nero«, erwiderte der Förster.

»Allerdings!«

»Genau!«

Jakob drehte sich um und sah die Männer an, die sich hinter seinem Vater versammelt hatten. Jetzt waren sie auf der Seite des Försters. Es waren nicht viele, aber immerhin. Doch es war ohnehin zu spät. Der Wolf war tot. Oder er lag im Sterben.

Die Rückkehr des Wolfs

Die Wölfin war gereizt. Eins ihrer Kinder wollte mit ihrem Schwanz spielen. Doch die Mutter drohte ihm mit angelegten Ohren und hochgezogenen Lefzen. *Lass mich in Ruhe,* hieß das. Sie war unruhig. Seit Tagen hatte sie, außer ein paar Mäusen, nichts mehr gefressen.

Auch die Welpen waren hungrig. Die Milch der Mutter versiegte allmählich.

Der Wolfsvater lag geschwächt abseits. Seine schmerzende Hüfte hinderte ihn nicht nur daran zu jagen. Er konnte nicht einmal mehr aufstehen.

Als die Sonne sich dem Horizont näherte, erhob sich die Wölfin. Sie stupste ihre Kinder mit der Nase in Richtung des Höhleneingangs. Dann blickte sie zu ihrem Partner hinüber.

Er lag da und sah sie mit traurigem Blick aus seinen trüben Augen an.

Die Wölfin wandte sich ab und ging davon. Nervös drehte sie sich mehrere Male zu ihrer Familie um. Die Welpen sahen der Mutter hinterher. Eins lief ihr nach, doch die Wölfin trieb es zu den anderen zurück.

Sie musste es tun. Sie musste ihre Kinder allein lassen, um auf die Jagd zu gehen. Wenn sie nichts zu fressen herbeischaffen konnte, dann würden sie alle sterben.

Die Wölfin versuchte eine Fährte aufzunehmen. Es dauerte nicht lange, da witterte sie ein junges Reh. Sie wollte sich anschleichen, doch der Wind trug ihren Geruch zu dem Wild und es lief davon, ehe die Wölfin auch nur einen Versuch wagen konnte, es anzugreifen.

Allein, ohne die Hilfe ihres Partners, hatte sie keine Chance, ein großes Beutetier zu erlegen. Sie würde nicht nah genug herankommen. Und für eine Hetzjagd fehlte ihr die Kraft.

Das Rascheln war so leise, dass es selbst für

die guten Ohren der Wölfin kaum zu hören war. Aber sie wusste sofort, woher das Geräusch kam. Regungslos stand sie da, lauschte und versuchte die kleine Maus zu entdecken, die hier irgendwo durch das Unterholz lief.

Da!

Die Wölfin machte einen Satz nach vorn und landete mit beiden Vorderpfoten zugleich auf dem Boden. Dann bohrte sie die Schnauze in die Erde. Aber da war nichts. Sie hatte die Maus verfehlt. Sie war entwischt.

Als Nächstes versuchte sie ihr Glück bei einem Hasen, der unachtsam ihren Weg kreuzte.

Meister Lampe zögerte nicht und schlug auf seiner Flucht einen Haken nach dem anderen.

Die Wölfin verfolgte ihn. Sie ließ ihn nicht aus den Augen.

Aber das dichte Unterholz und die fehlende Kraft der Jägerin entschieden schließlich den Kampf zugunsten des Hasen.

Hechelnd gab die Wölfin auf. In dieser Nacht würde sie keine Beute machen. Und anstatt sich durch Nahrung zu kräftigen, war sie durch die anstrengende Jagd noch schwächer geworden. Ausgemergelt konnte ihr Körper keine Milch produzieren, die ihre Kinder so dringend brauchten. Und so würden auch sie immer schwächer werden.

Die Wölfin hatte sich weit von ihrem Bau entfernt. Die Sonne war bereits vor einiger Zeit untergegangen und der Wald lag still und dunkel vor ihr. Auf der einen Seite breiteten sich Felder aus. Auf der anderen Seite konnte die Wölfin eine kleine Ansammlung von Häusern sehen. In diesen Häusern wohnten Menschen. Das wusste die Wölfin. Und sie fürchtete sich vor ihnen. Menschen waren gefährlich.

Aber wo Menschen waren, da waren auch Tiere. Sehr einfache Beute zumeist. Und die Wölfin brauchte Beute, um ihre Jungen zu ernähren.

Noch einmal sah die Wölfin zum Wald, in dem ihre hungernden Kinder auf sie warteten. Dann wandte sie sich um und ging auf die Häuser zu, die im Dunkeln vor ihr lagen.

Im Dorf war es still. Die Menschen schliefen noch. Die Sonne würde erst in einigen Stunden wieder aufgehen.

Der Hühnerstall war verriegelt und die Kaninchen blickten die Wölfin durch die Gitterstäbe ihres Käfigs verängstigt an.

Irgendwo bellte ein Hund. Eine Katze rettete sich auf einen Baum.

Die Wölfin schlich durch die engen, mit Kopfsteinen gepflasterten Gassen. Am Rand des Marktplatzes blieb sie stehen und drängte sich an eine Hauswand. Eine einzelne Straßenlampe erhellte den Platz. Die zweite war kaputt und spendete kein Licht mehr. Doch im Schein der Laterne glänzte das alte und von unzähligen Fußtritten abgewetzte Kopfsteinpflaster.

Auf dieser offenen Fläche fühlte sich die Wölfin besonders gefährdet. Sie wollte umkehren. Doch in diesem Augenblick bemerkte sie den Geruch. Es roch durchdringend nach Fleisch. Speichel lief im Maul der Wölfin zusammen. Sie reckte die Nase in die Höhe. Der Geruch kam

von der anderen Seite des Platzes. Ängstlich blickte sich die Wölfin um. Was sollte sie tun? Sollte sie ihre Deckung aufgeben? Sollte sie ungeschützt die freie Fläche überqueren? Der Speichelfluss wurde stärker. Der Hunger siegte über die Angst. Vorsichtig schlich die Wölfin weiter. Dem Geruch entgegen.

Der Duft wurde stärker. Sie war auf dem richtigen Weg.

Zur Dorfschänke stand auf dem Schild an der Hauswand, vor der ein großer blecherner Mülleimer stand. Die Wölfin konnte die Schrift nicht lesen, aber sie wusste, dass sie die Quelle des Geruchs gefunden hatte: Er entströmte diesem Eimer.

Die Wölfin stellte sich auf die Hinterbeine und untersuchte den Eimer. Es roch nach Mensch, nach Dingen, die die Wölfin nicht kannte, – und es roch nach Fleisch! Aber wie sollte sie da rankommen? Ihr Hunger und ihre Gier waren jetzt so groß, dass sie alles um sich herum vergaß. Sie dachte nur noch an ihre nächste Mahlzeit und

an ihre Kinder, die sie ausschließlich dann ernähren konnte, wenn sie selbst genug zu fressen bekam.

Ein Geräusch ließ die Wölfin zusammenfahren. Sie drehte sich um und ihre bernsteinfarbenen Augen leuchteten wie Reflektoren an einem Fahrrad in der Dunkelheit, als der Schein der Straßenlaterne sie traf.

Doch da war nichts.

Die Wölfin wandte sich wieder dem Fressen zu. Mit einem Satz sprang sie auf den Eimer. Irgendwie musste sie an das Fleisch gelangen!

Das Scheppern der umfallenden Mülltonne war ohrenbetäubend laut. Es hallte von den Häuserwänden wider und schien minutenlang in der Luft zu schweben.

Die Wölfin klemmte den Schwanz ein. Mit einem Satz hatte sie sich vor der umherrollenden Tonne in Sicherheit gebracht. Jetzt kämpfte sie gegen den Drang zu fliehen. So kurz vor der ersten Mahlzeit seit Tagen wollte sie nicht aufgeben.

Doch ringsum hinter den Fenstern gingen nun Lichter an. Die Dunkelheit wurde von immer mehr Licht durchbrochen und die Wölfin fühlte sich in der Falle. Sie stand wie erstarrt.

Fensterläden wurden geöffnet. Die Wölfin hörte menschliche Stimmen. Und dann einen erschreckten Ruf: »Der Wolf! Um Gottes willen! Seht doch, es ist der Wolf!«

Jakob fuhr aus dem Schlaf hoch. Was war das für ein Lärm? Irgendetwas Schlimmes musste passiert sein. Vielleicht ein Feuer! Oder war jemand gestorben?

So schnell er konnte, sprang er aus dem Bett und stieß im Flur beinahe mit seinem Vater zusammen, der ebenfalls bereits auf dem Weg nach draußen war. Sein Jagdgewehr klemmte unter seinem Arm.

In Guthausen gab es nicht mehr als 121 Häuser. Jakob hatte sie einmal gezählt. Und es dauerte keine drei Minuten, bis man vom einen Orts-

rand zum anderen gelangte, wenn man lief. Nur eine Häuserzeile trennte das Haus des Försters vom Marktplatz, von dem jetzt der Lärm herüberdrang.

In dem Moment, als Jakob und sein Vater um die Ecke bogen, ertönte der erste Schuss.

Jakob konnte nur noch den buschigen graubraunen Schwanz des fliehenden Tieres sehen. Doch er wusste sofort, dass das der Wolf war.

Wieder legte der Schütze an und zielte.

Die Wölfin hatte die nächste Ecke noch nicht erreicht, hinter der sie vor der Kugel in Sicherheit sein würde.

»Nein!«, schrie Jakob und warf sich dem Mann mit dem Gewehr entgegen.

»Jakob!« Der Ruf des Försters war gellend.

In letzter Sekunde riss der Schütze das Gewehr hoch, bevor die Kugel den Sohn des Försters treffen konnte. Der Schuss löste sich und klirrend ging das Glas der einzigen funktionierenden Straßenlaterne auf dem Guthausener Marktplatz zu Bruch.

Fassungslos standen die Menschen in der plötzlich hereinbrechenden Finsternis da. Jeder versuchte auf seine Weise, den Schreck zu verarbeiten.

Lebensgefahr!

In Jakobs Kopf hämmerte nur ein einziger Gedanke: Der Wolf war nicht tot. Der Wolf war zurückgekehrt. Und mit diesem tröstlichen Gedanken ließ sich der Stubenarrest, den seine Eltern über ihn verhängt hatten, eine Weile ganz gut aushalten.

Meike, Jakobs Freundin, drehte einen ihrer dicken Zöpfe zwischen den Fingern zu einer Wurst. Sie sah Jakob mit ihrem typischen undurchdringlichen Blick an. »Hast du eigentlich keine Angst vor Wölfen?«

»Nein.« Jakob schüttelte den Kopf. »Wölfe sind sehr scheue Tiere, die sich nicht in die Nähe von Menschen wagen.«

»Das haben wir ja gesehen«, antwortete Mei-

ke. »Der Wolf war sogar im Dorf und wollte unsere Tiere stehlen.«

»Na und? Erstens tut Nero das auch und den erschießt auch keiner und zweitens sind Wölfe nun mal Fleischfresser. Du isst doch auch Fleisch.«

»Ja, schon …«

»Na siehst du. Alle haben Angst vorm Wolf, dabei ist das völliger Quatsch! Wölfe fressen Tiere, ja, aber deswegen noch lange keine Menschen! Sie jagen hauptsächlich Huftiere, vor allem die kranken und schwachen. Und nur bei einer von zehn Jagden haben sie überhaupt Erfolg! Sonst müssen sie mit Mäusen, Insekten oder sogar Beeren und so vorliebnehmen. Das ist die Natur. Tiere fressen nun mal Tiere. Aber wenn wir Menschen Hühner in Legebatterien einsperren oder Schweine in engen Ställen zusammenpferchen, ohne Tageslicht und Frischluft, dann schreit keiner, das sei grausam.« Jakob schüttelte empört den Kopf. »Diese ganze Angst kommt doch nur daher, dass wir von klein auf einge-

trichtert bekommen, Wölfe seien böse und gefährlich wie bei Rotkäppchen.«

Meike lehnte sich auf Jakobs Bett zurück. »Jedenfalls wollen die Männer Fallen im Wald aufstellen, um den Wolf endgültig zur Strecke zu bringen.«

Jakob riss entsetzt die Augen auf. »*Was* wollen sie?«

»Das hat mein Vater gesagt. Deshalb sind wir ja hier. Weil mein Vater mit deinem darüber sprechen will.«

Jakob sprang von seinem Schreibtischstuhl hoch, auf dem er gesessen hatte. »Und woher weiß dein Vater das?«

»Na hör mal!« Meike klang empört. »Immerhin ist er der Bürgermeister.«

»Schon gut, schon gut«, beschwichtigte Jakob. Er wusste, welch große Stücke Meike auf ihren Vater, den Bürgermeister und Dorfschullehrer, hielt.

Und auf einmal war der Stubenarrest überhaupt nicht mehr erträglich.

Bislang hatten Jakob die Wortfetzen, die hin und wieder durch den Flur nach oben in sein Zimmer drangen, nicht interessiert. Sein Vater, der Förster, sprach im Wohnzimmer mit seinem Freund. Na und?

Aber jetzt, nachdem er wusste, worüber die beiden Männer sprachen, konnte er nicht mehr weghören. Im Gegenteil, er öffnete sogar seine Zimmertür einen Spaltbreit. Augenblicklich wurden die Stimmen besser verständlich.

»Verdammt noch mal, das Töten eines Wolfs ist eine Straftat!« Der Förster klang aufgebracht. »Kannst du ihnen das nicht klarmachen?«

»Ich hab's versucht.« Obwohl Jakob Meikes Vater nicht sehen konnte, wusste er, dass der Lehrer in diesem Augenblick die Schultern hob, um seine Machtlosigkeit zu zeigen. »Außerdem weiß ich selbst nicht, was ich davon halten soll, Wölfe in der Nachbarschaft zu haben. Wieso bist du dir da eigentlich so sicher, dass von den Tieren keine Gefahr ausgeht?«

Der Förster schnaubte. »Vermutlich ist der

Wolf beim ersten Angriff verletzt worden und nicht in der Lage zu jagen. Sonst würde er sich nicht in diese Gefahr begeben und ins Dorf kommen. Wölfe meiden die Menschen, wo sie nur können.«

Meike lehnte sich auf der Bettkante nach vorne und stützte die Ellbogen auf ihre Knie. »Was tust du da eigentlich?«

»Psst!«, machte Jakob und legte einen Zeigefinger auf seine Lippen. Er wollte wissen, wie das Gespräch weiterging.

»Ich bin am Ende meiner Weisheit«, fuhr der Förster fort. »Allein werden wir die Situation nicht mehr unter Kontrolle bringen.«

»Die Männer sind jedenfalls fest entschlossen, den Killer, wie sie den Wolf nennen, zu beseitigen.« Das war wieder die Stimme des Lehrers, die Jakob nur zu gut kannte.

»Ich wollte es eigentlich ja nicht tun, um niemanden hier in Schwierigkeiten zu bringen.« Die Stimme des Försters klang traurig und wütend zugleich. »Aber jetzt habe ich wohl kei-

ne andere Wahl mehr. Ich werde mich an ›Pro-Wolf‹ wenden. Das ist eine Organisation zum Schutz der Wölfe. Sollen die sehen, was sie machen können.«

»Jakob, lauschst du etwa?« Meike klang empört.

»Äh, ich?« Jakob schloss schnell die Tür. »Nein, natürlich nicht. Ich wollte nur frische Luft reinlassen.«

In die Falle getappt!

Jakob saß auf dem Hochstand. Fast traute er sich nicht einmal zu atmen. Das Fernglas hielt er in der Hand. Er brauchte es nicht. Die Wölfe waren so nah, dass er sie mit bloßen Augen beobachten konnte. Der Wind stand günstig und trug Jakobs Geruch von den Wölfen weg, sodass sie ihn bis jetzt nicht bemerkt hatten.

Niemandem würde er von seiner Entdeckung erzählen, dass es noch mehr Wölfe gab. Nicht einmal seinem Vater. Solange niemand etwas von den Wölfen wusste, konnte sie auch keiner töten. Bis jetzt dachten ja alle, es gäbe nur einen einzigen Wolf. Dabei war es ein ganzes Wolfsrudel! Eine Familie!

Die Wolfsjungen spielten im Sonnenschein.

Einer lag dort im hohen Gras und tat so, als schliefe er. Im nächsten Augenblick wurde er von seinen Geschwistern angegriffen. Sie fielen über ihn her, sprangen auf ihn und bissen mit ihren kleinen, spitzen Zähnen in seinen Schwanz, seine Ohren und seine Schnauze. Dann kugelte ein regelrechtes Wolfsknäuel über die Wiese, das sich erst Minuten später wieder entwirrte. Doch kaum wandte sich einer der Welpen von den anderen ab, wurde er erneut von hinten angefallen und in den Kampf verwickelt.

Plötzlich ließen alle voneinander ab. Sie hatten eine Biene entdeckt, die von Blüte zu Blüte flog.

Die Welpen duckten sich ins hohe Gras und schlichen sich an ihre Beute an.

Jakob musste fast lachen. Der Anblick der vier kleinen Wölfe, die sich im Jagen übten, war einfach zu drollig.

Die Biene kümmerte sich nicht darum, Übungsobjekt zu sein, und flog davon.

Die Welpen liefen ihr hinterher, stolperten

über ihre viel zu kurzen Beine, überschlugen sich, kamen wieder auf die Pfoten und rannten weiter.

Schließlich war die Biene außer Sichtweite. Doch schon wartete das nächste Abenteuer auf die Forscher: ein junger Igel. Unbeeindruckt von den vier Raubtieren lief der kleine Kerl auf seinen kurzen Stummelbeinen über einen schmalen Sandpfad. Plötzlich wurde er gleich von vier Schnauzen umringt. Neugierig schnupperten die Wölfe an dem merkwürdigen Tier.

Das war dem Igel dann doch unheimlich und er rollte sich vorsichtshalber zu einem Ball zusammen.

Jetzt guckten die Wölfe erst recht verdutzt. Einer von ihnen stieß die stachelige Kugel vorsichtig mit einer Pfote an und sie kullerte ein paar Meter weiter. Tapsig liefen die Wölfe hinterher und der schnellste von ihnen versuchte, den Ball mit dem Maul zu stoppen.

Autsch! Tat das weh!

Der Welpe fiepte, zog den Schwanz ein und

suchte Trost bei seiner Mutter. Seine Geschwister folgten ihm.

Die Wölfin lag etwas abseits. Die Beine hatte sie ausgestreckt. Ab und zu hob sie müde den Kopf und vergewisserte sich, dass mit ihren Kindern alles in Ordnung war. Dann ließ sie den Kopf wieder fallen und döste weiter.

Jetzt kamen die Welpen zu ihr. Einer leckte ihr die Mundwinkel, der nächste stupste sie mit seiner Nase an, der dritte kämpfte mit ihrem Schwanz und der vierte suchte sich eine Milchzitze. Als die ersten drei sahen, dass der vierte gesäugt wurde, bekamen sie offenbar auch Appetit.

Die Wölfin drehte sich auf den Rücken und wartete geduldig, bis jedes ihrer Kinder einen Platz zum Trinken gefunden hatte.

Jakob nahm das Fernglas zu Hilfe und betrachtete die zufriedenen Gesichter der kleinen Wölfe, die mit halb geschlossenen Augen saugten.

So friedlich das Bild war, so schnell war die Ruhe auch wieder vorbei. Sobald der erste Wel-

pe genug getrunken hatte, sprang die Mutter auf und die übrigen drei wurden unsanft abgeschüttelt.

Jetzt war offenbar der richtige Zeitpunkt zur Körperpflege. Die Mutter warf den ersten Welpen sachte mit einer ihrer riesigen Vorderpfoten um. Der Kleine zog den Schwanz zwischen die Hinterläufe, drehte sich auf den Rücken und ließ das Pflegeprogramm über sich ergehen. Hingebungsvoll leckte die Mutter ihr Kind sauber. Kein Körperteil wurde ausgelassen. Selbst die Ohren wurden einer gründlichen Wäsche unterzogen.

Als die Mutter fertig war, sprang der kleine Wolf auf und schüttelte sich. Beinahe verlor er dabei das Gleichgewicht und wäre fast umgefallen.

Dann kam der nächste Welpe an die Reihe. Jakob konnte sehen, dass die Mutter keine Widerrede duldete. Ebenso wie zuvor sein Geschwister wurde auch er von den Ohren bis zum Schwanz sauber geleckt.

Währenddessen betrachtete einer der beiden Welpen, die noch nicht gewaschen worden waren, mit schief gelegtem Kopf einen Schmetterling. Der Falter saß regungslos auf einer Blume. Plötzlich flatterte er davon. Der kleine Wolf lief ihm tollpatschig hinterher. Mit in die Luft gereckter Schnauze und unbeholfenen Sprüngen versuchte er, seine Beute zu erwischen.

Jakob hielt das Fernglas auf den Jäger gerichtet. Der Kleine schien alles um sich herum zu vergessen. Er hatte nur noch Augen für den bunten Schmetterling, der immer höher und höher flog.

Im nächsten Augenblick war der Welpe verschwunden. Zuerst dachte Jakob, er hätte ihn nur aus dem Blick verloren, doch dann hörte er das jämmerliche Winseln.

Auch die Wolfsmutter bemerkte in diesem Moment, dass etwas nicht stimmte. Sie hob den Kopf und drehte ihn in die Richtung, in der ihr Kind verschwunden war. Der Welpe, der soeben gewaschen wurde, nutzte die Gelegenheit augenblicklich zur Flucht.

Da war es wieder, das ängstliche Fiepen.

Jakob drehte am Fernglas. Er erschrak, als plötzlich das Gesicht der Wölfin überlebensgroß vor seinen Augen auftauchte, und nahm das Fernglas zur Seite.

Nervös lief die Wölfin auf und ab. Hin und her. Erst jetzt begriff Jakob, was geschehen war: Der kleine Wolf war in eine Falle getappt! Jetzt saß er hilflos in dem tiefen Erdloch und kam nicht wieder heraus.

Eine missglückte Rettung

»Mist!«, fluchte Jakob. Unwillkürlich war er aufgestanden und lief aufgeregt im Hochstand hin und her. Zwei Schritte nach links, zwei nach rechts. Größer war der Hochstand nicht.

Ebenso wie die Wölfin vor dem Erdloch auf und ab lief, in dem ihr Junges jämmerlich weinte.

»Mist!«, schimpfte Jakob noch einmal.

Was sollte er bloß tun? Bald würden die Männer aus dem Dorf kommen und die Fallgruben kontrollieren. Und wenn sie den jungen Wolf fanden, dann wussten sie alles. Dann wussten sie, dass es mehr als einen Wolf gab. Und wo ein Welpe war, da waren noch andere. Auch das war klar wie sonst was.

Dann war es nur eine Frage der Zeit, wann sie die nächste Hetzjagd veranstalteten, um alle Wölfe zu töten.

Jakobs Herz raste. Fieberhaft suchte er nach einer Lösung für das Problem. Sollte er seinen Vater holen? Aber der wusste noch nicht einmal, dass Jakob im Wald war. Jakob hatte ihn angelogen. Er hatte seinen Eltern erzählt, er sei mit Meike verabredet, um für die nächste Schularbeit zu lernen. Ein Diktat, das sie nächste Woche schreiben würden. Schließlich hatte er immer noch Stubenarrest und durfte nicht raus. Eine ganze Woche Stubenarrest. So viel hatte er noch nie aufgebrummt bekommen.

Das Winseln des Wolfs ließ nicht nach. Immer noch marschierte die Wölfin vor der Grube auf und ab und schien ebenso angestrengt wie Jakob nach einer Möglichkeit zu suchen, ihr Kind zu befreien.

Sicher konnte sie zu ihm hineinspringen. Aber dann war sie genauso gefangen. Das schien selbst der Wölfin klar zu sein.

»Verflixt noch mal!« Wieder fluchte Jakob. Das Gefühl der Hilflosigkeit machte ihn wütend. Mit der Faust schlug er gegen die Wand des Hochstands.

Die Wölfin zuckte zusammen. Sie klemmte den Schwanz ein und sah zum ersten Mal zum Hochstand hinüber.

Jakob konnte ihr direkt in die funkelnden Augen sehen. Er meinte, sein Herz müsse stehen bleiben.

Die Wölfin sah zwischen Jakob und ihrem gefangenen Kind hin und her, als würde sie die Situation überdenken. Dann wich sie zwei Meter zurück.

Jakob traute seinen Augen nicht. Die Wölfin zog sich zurück! Sie fürchtete sich vor ihm! Und wenn er sie nun vertreiben konnte? Wenn sie vor ihm davonlief? Konnte er dann vielleicht den Welpen aus der Grube befreien? Dann würde niemals jemand erfahren, dass es mehr als einen Wolf im Wald gab. Aber war das nicht zu gefährlich?

Sein Blick fiel auf die leeren, zerbeulten Bier- und Coladosen, die sich auf dem Boden des Hochstands türmten. Eben noch hatte er sich darüber geärgert, dass wieder einmal irgendjemand den Hochstand zweckentfremdet hatte. Hin und wieder kamen Jugendliche aus der Stadt in den Wald, die hier ein »Abenteuerwochenende« verbringen wollten. Sie zelteten auf einer Lichtung, machten Lagerfeuer, ohne sich der Gefahr, damit einen Waldbrand zu verursachen, überhaupt bewusst zu sein, und ließen, wenn sie am Sonntagabend wieder heimfuhren, einfach ihren Müll zurück. Er hatte mit seinem Vater schon ganze Zelte im Wald gefunden. Von den unzähligen Schlafsäcken, leeren Raviolidosen, kaputten Campingkochern und ähnlichem Unrat ganz zu schweigen.

Jetzt aber erschien ihm der Blechmüll wie eine glückliche Fügung des Schicksals. Er nahm eine der Dosen in die Hand und schleuderte sie aus dem Hochstand auf die Wölfin.

»Hau ab!«, schrie er.

Die Wölfin zuckte zusammen. Sie legte die Ohren an und senkte den Kopf.

Jakob griff nach der nächsten Dose.

Die Wölfin klemmte den Schwanz zwischen die Hinterläufe. Ihre Kinder drängten sich Schutz suchend an sie.

»Verschwinde!«, rief Jakob und warf die nächste Dose.

Die Wölfin schien zu überlegen. Sollte sie ihre drei Kinder retten und das vierte opfern? Welche Gefahr ging von diesem Menschen aus?

Jakob bückte sich und hob die dritte Dose hoch. Ein Bierrest lief über seine Finger. Angewidert verzog Jakob das Gesicht. Er hasste den Gestank von Bier. Ihm wurde regelrecht übel davon.

Er zielte. »Los! Verschwinde!« Die Dose prallte wenige Meter vor der Wölfin auf dem Boden auf.

Die Wölfin stupste ihre Kinder mit der Schnauze an und zog sich zurück. Dabei warf sie über ihre Schulter einen Blick auf den Hochstand.

Jakob seufzte. Es tat ihm leid, dass er die Wölfin vertreiben musste. Wo er sie doch am liebsten ganz nah bei sich gehabt hätte. Aber das ging natürlich nicht.

Er zögerte. Würde die Wölfin zurückkommen? Er sah auf seine Armbanduhr und ließ die Minuten verstreichen.

Doch sie blieb verschwunden.

Das war der Moment, auf den er gewartet hatte. Hoffentlich lauerte die Wölfin nicht hinter einem Gebüsch darauf, ihn anzugreifen, sobald er vom Hochstand stieg.

Das jämmerliche Winseln des gefangenen Welpen zerstreute Jakobs letzte Zweifel an der Richtigkeit seines Plans.

Langsam, Stufe um Stufe, stieg Jakob die Leiter vom Hochstand hinunter. In jeder Hosentasche steckte eine leere Bierdose. Aber die Wölfin blieb verschwunden. Dabei war sich Jakob sicher, dass sie ihn beobachtete. Irgendwo im Gebüsch stand sie und betrachtete ihn aus ihren bernsteinfarbenen Augen.

Jakobs Herz klopfte. Er konnte seinen eigenen Herzschlag deutlich spüren.

Am Rand des Erdlochs blieb er stehen und blickte hinunter.

Da war der Welpe und sah zu ihm hoch. Sein Fell sah noch flauschig aus wie der Flaum von einem frisch geschlüpften Küken. Ob es sich auch ebenso anfühlte?

Jakob blickte sich um. Wie sollte er den kleinen Wolf aus der Grube befreien? Er brauchte irgendetwas, womit er nachher wieder aus dem tiefen Erdloch nach oben klettern konnte. Sonst säße er selbst in der Falle.

Als Jakob das Knacken hinter sich hörte, zuckte er vor Schreck zusammen. Seine Knie wurden weich und seine Beine gehorchten ihm nicht mehr. Erde rieselte vom Rand des Loches auf den Welpen. Wild wedelte Jakob mit den Armen, um das Gleichgewicht zu halten. Doch es war zu spät. Es kam ihm vor, als sähe er einen Film in Zeitlupe. Einen Film, in dem er die Hauptrolle spielte. Er rutschte immer tiefer, ver-

lor den Halt unter den Füßen und wusste bereits, dass nichts mehr zu retten war, als er noch oben stand.

Eine Sekunde später lag er neben dem Welpen in der Grube und schrie vor Entsetzen. Und vor Schmerz. Mit beiden Händen umklammerte er den Knöchel seines rechten Fußes.

Der Schmerz war beinahe unerträglich. Ein Stechen und Ziehen, das sich bis in die Zehen ausbreitete.

Jakob schob den Socken nach unten und betrachtete sein Fußgelenk. Er konnte zusehen, wie es anschwoll. Wie es immer dicker und dicker wurde. Und es klopfte darin, als sei ihm das Herz nicht nur in die Hose, sondern bis in die Füße gerutscht.

Als er schließlich wieder aufblickte und den Welpen betrachtete, der unmittelbar neben ihm saß und ihn verwundert anstarrte, musste er dennoch beinahe lachen.

Doch dann blieb ihm das Lachen im Halse stecken. Da war etwas. Etwas, das ihn beobachtete. Es war nur ein Gefühl, aber Jakob legte langsam den Kopf in den Nacken und blickte nach oben – geradewegs in die Gesichter der vier Wölfe, die dort am Rand der Grube standen und auf ihn heruntersahen.

Ein Kribbeln lief über Jakobs Rücken und an seinen Armen stellten sich die Haare auf.

Allein unter Wölfen

Also hatte ihn sein Gefühl nicht getäuscht: Die Wölfin hatte ihn von einer sicheren Stelle aus beobachtet. Und jetzt war sie zurückgekehrt.

Jakob war wie erstarrt. Er konnte seine Augen nicht von denen der Wölfin lösen. Vorher hatte er vom Hochstand aus auf sie hinuntergeblickt. Nun war sie es, die auf ihn herabsah. Jakob fühlte sich mit einem Mal unsicher. Auch in ihm schlummerte ein Rest Rotkäppchen-Angst.

Doch die Wölfin blieb, wo sie war.

Und auch der Welpe saß nach wie vor in der Falle. Augenscheinlich hatte er sich wie Jakob beim Sturz verletzt. Jetzt hielt er die schmerzende Vorderpfote in die Luft, die merkwürdig schlaff herabbaumelte.

Jakob besann sich. Er hatte den Welpen retten wollen. Deshalb war er hier. Er musterte das Tier, das in dem engen Erdloch keine Chance hatte, ihm auszuweichen.

Vorsichtig streckte Jakob die Hand nach dem kleinen Wolf aus. Er war so nah, dass er ihn berühren konnte.

Ein tiefes Knurren erklang oberhalb seines Kopfs. Die Wölfin warnte ihn: Fass mein Kind nicht an.

»Ich tue ihm nichts«, sagte Jakob. »Ich will ihm nur helfen.«

Aber die Wölfin knurrte weiter.

Jakob überlegte. Natürlich konnte er die Drohung der Wölfin missachten. Schließlich war er für sie hier fast ebenso unerreichbar wie zuvor auf dem Hochstand. Andererseits konnte er nicht wissen, was die Wölfin tun würde, um ihr Kind zu schützen. Wenn sie doch in die Grube sprang, dann war er verloren.

Als er versuchte, sich ein wenig bequemer hinzusetzen, spürte er die Blechdosen, die immer

noch in seinen Hosentaschen steckten. Er nahm sie heraus. Ringsum lagen kleine Kiesel. Er sammelte sie ein und steckte sie durch die Trinköffnung in eine der Dosen. Bei dem Geräusch, das die Kiesel verursachten, als sie auf dem Blechboden aufprallten, legte die Wölfin die Ohren an. Jakob schöpfte Hoffnung. Er sammelte weitere Kiesel und als die Dose knapp halb voll war, schüttelte er sie heftig. Der Lärm war ohrenbetäubend. Die Wölfin senkte den Kopf, klemmte den Schwanz ein und wich einen Schritt zurück. Jakob zögerte nicht lange. Als er seinen verletzten Fuß belastete, glaubte er, den Schmerz nicht ertragen zu können. Trotzdem ergriff er den Welpen. Er war schwerer, als er gedacht hatte. Mit Schwung warf er den Wolf in die Luft. Der Kleine jaulte – dann war er aus Jakobs Blickfeld verschwunden.

Jakob sackte zusammen. Er hatte es geschafft. Er hatte den Welpen aus der Falle befreit. Er stützte den Kopf in die Hände und begann zu schluchzen.

Als er den Kopf wieder hob und über den Rand der Grube hinwegsah, dachte er, nicht recht zu sehen: Dort stand die Wölfin und betrachtete ihn. Als er sie ansah, wandte sie sich ab und Jakob stieß erleichtert die Luft aus.

Jakob zitterte. Die Sonne war bereits vor langer Zeit hinter dem Horizont verschwunden und mit ihr die Wärme des Tages. Jakob hatte die Arme um die angewinkelten Beine geschlungen. Aber auch das half nicht gegen die Kälte. Er hörte den Ruf eines Käuzchens, das die Stille der Nacht durchbrach. Über ihm am wolkenlosen Himmel blinkten die Sterne, die er vereinzelt durch die Wipfel der Bäume sehen konnte.

»Autsch!«, stieß Jakob laut hervor. Der Schmerz in seinem Knöchel hatte nicht nachgelassen. Jedes Mal, wenn er den Fuß auch nur ein bisschen belastete, durchfuhr ihn ein Stechen. Selbst im Dunkeln konnte er sehen, dass das rechte Fußgelenk mindestens doppelt so dick war wie das linke. Elefantenfuß, dachte Jakob.

Was wohl seine Eltern gerade machten? Sicher wussten sie bereits, dass er nicht bei Meike war. Vor seinem geistigen Auge sah er seinen Vater nervös im Wohnzimmer ihres Hauses auf und ab gehen. Vielleicht dachten sie, er wäre davongelaufen, weil er Stubenarrest hatte. Ob sie schon nach ihm suchten?

Bei dem Geräusch glaubte Jakob zuerst, die Wölfin sei zurückgekehrt. Es war ein leises Knurren. Aber das Knurren kam nicht von oben. Jakob legte eine Hand auf seinen Bauch. Jetzt konnte er das Knurren auch spüren. Es war sein Magen, der lautstark nach Nahrung verlangte.

Jakob seufzte. Wie lange würde er wohl noch hier ausharren müssen?

Fast wünschte er sich, dass das Gesicht der Wölfin wieder über ihm auftauchte. Dann wäre er wenigstens nicht so allein. Aber der verwunderte Blick der Wölfin, nachdem er den Welpen befreit hatte, war das Letzte gewesen, was er von ihr gesehen hatte.

Beim nächsten Geräusch, das Jakob hörte,

grübelte er erst, welcher seiner Körperteile es jetzt war, der sich zu Wort meldete und nach Aufmerksamkeit verlangte. Erst als sich das Geräusch wiederholte, wurde Jakob klar, dass nicht er es war, der das Geräusch verursachte. Zunächst war es ein Rascheln, dann ein Atmen. Jakob hielt die Luft an. Es war eine Sache, an einem schönen Sommertag durch den Wald zu laufen, und eine andere, mutterseelenallein nachts in einem tiefen Erdloch im selben Wald zu sitzen und sich nicht aus eigener Kraft fortbewegen zu können. Das Rascheln kam näher. Der Atem des Lebewesens ging stoßweise, als wäre es angestrengt. Oder waren es mehrere? Schließlich hörte Jakob Stimmen.

»Jakob!«

»Jakob!«

Noch nie in seinem Leben war Jakob so glücklich gewesen, die Stimme seines Vaters zu hören.

»Hier!« Er versuchte sich aufzurichten, doch der Schmerz in seinem Fuß hielt ihn davon ab.

»Hier bin ich!«, schrie er stattdessen, so laut er konnte.

Als der helle Strahl einer Taschenlampe ihn traf, kniff Jakob geblendet die Augen zu.

Gewinner und Verlierer

»Ich hab gedacht, mein letztes Stündlein hätte geschlagen.« Jakob lag auf seinem Bett. Er lehnte mit dem Rücken an der Wand und ließ sich die Muffins schmecken, die seine Mutter für ihn und Meike gebacken hatte.

»Du kannst dir nicht vorstellen, wie aufgeregt hier alle waren«, sagte Meike mit vollem Mund. »Selbst dein Vater schien sich auf einmal gar nicht mehr so sicher zu sein, dass die Wölfe niemandem etwas tun.«

Jakob schwieg. Auch er hatte Angst gehabt, dass die Wölfin ihn angreifen würde, um ihr Kind zu verteidigen.

»Alle haben mitgeholfen, dich zu suchen«, fuhr Meike fort. »Ich weiß nicht, wann sich hier alle schon einmal so einig darüber waren, was zu tun wäre.«

»Na ja«, sagte Jakob und wischte mit der Hand ein paar Krümel von der Bettdecke. »Hat ja nicht lange gehalten, die Einigkeit.«

Meike grinste. »Nee, allerdings. Dein Vater ist aber nicht der Einzige, der stinksauer ist wegen der Fallgruben. Diesmal hat er die Mehrzahl der Leute hinter sich.«

»Ohne die Fallgruben wäre das alles ja auch nicht passiert«, stimmte Jakob zu.

»Ohne die Wölfe aber auch nicht.« Meike drehte wieder an ihrem Haarzopf.

Jakob hielt den Mund. Er wollte sich nicht mit Meike streiten.

»Na ja, jetzt sollen die Wölfe ja weg«, fuhr Meike fort und nahm sich noch einen der kleinen Kuchen. »Hoffentlich kehrt dann endlich wieder Ruhe ein.«

Jakob schluckte. Sein Hals fühlte sich auf einmal ganz trocken an. Natürlich hatte sein Vater an den Spuren rund um die Fallgrube, in der die

Männer ihn gefunden hatten, erkannt, dass es mehr als nur einen Wolf gab. Zuerst hatte Jakob geschwindelt. Er sei ganz von allein in das Erdloch gefallen. Letztlich stimmte das ja auch. Doch der Förster zählte eins und eins zusammen. Zur Rede gestellt, konnte Jakob nicht länger lügen und erzählte seinem Vater die ganze Geschichte.

Jetzt war es nur noch eine Frage der Zeit, wann die Leute der Tierschutzorganisation »ProWolf« kamen und die Wolfsfamilie in ein anderes Gebiet umsiedelten.

Vielleicht ist es für die Wölfe so das Beste, versuchte Jakob sich selbst zu trösten.

»Ist alles in Ordnung?« Meike beugte ihr Gesicht über Jakobs rechten Fuß, der etwas erhöht auf einem Kissen lag. Ihr Freund starrte nun seit mehreren Minuten mit versteinerter Miene auf seinen dick bandagierten Knöchel.

Jakob zuckte die Schultern. Nicht einmal Meike konnte verstehen, dass er wegen der Wölfe traurig war. Dabei verstand sie ihn sonst immer. Oder zumindest fast immer.

»Ist es, weil die Wölfe wegsollen?«, hakte Meike nach.

Jakob nickte. »Sie haben doch wirklich niemandem etwas getan. Und wenn du die kleinen Welpen gesehen hättest …«

»Auch kleine Welpen werden groß«, unterbrach ihn Meike. »Du hast doch selbst gesehen, dass es nicht gut geht.«

»An meinem Unfall sind nicht die Wölfe schuld, sondern die Menschen! *Sie* haben die Fallen ausgehoben, nicht die Wölfe! Ohne diese verdammten Fallen wäre rein gar nichts passiert!« Jakob hatte nachdrücklicher gesprochen, als er eigentlich wollte.

Meike schwieg beleidigt.

Keiner von beiden ahnte, dass sich ihr Gespräch zur gleichen Zeit an mehreren Stellen des Dorfes auf ähnliche Weise wiederholte.

»Bist du auch wirklich sicher, dass du das schaffst?« Herr Bergmann sah seinen Sohn mit sorgenvoller Miene an.

Jakobs Antwort klang grantig, aber bestimmt: »Ja.« Er stützte sich auf seine Krücken. Mit dem Ärmel seines Sweatshirts wischte er sich die Schweißperlen von der Stirn. Jeder Schritt schmerzte. Am schlimmsten war es, wenn Jakob gelegen hatte und dann aufstehen musste. Sobald das Blut in die Beine sackte, glaubte Jakob, sein Knöchel würde platzen.

»Ist es denn noch weit?« Die Frau von »Pro-Wolf« lächelte Jakob aufmunternd an. Ihre beiden Kollegen gingen einige Schritte hinter ihnen. Zuerst hatte Jakob nicht gewusst, ob er die zwei Männer und die Frau der Tierschutzorganisation nun mochte oder nicht. Auf der einen Seite nahmen sie ihm die Wölfe weg. Auf der anderen Seite würde das Rudel ohne die Umsiedlung auch in Zukunft von den Männern des Dorfs gejagt werden. Und irgendwann würden sie sie erwischen.

Jakob schüttelte nur den Kopf. Das Gehen strengte ihn so sehr an, dass er zum Reden keine Kraft mehr hatte. Nein, weit war es nicht mehr.

Zum ersten Mal seit dem Unfall würde er nun die Stelle wiedersehen, an der er um sein Leben gebangt hatte.

Ob sie die Wölfe überhaupt zu Gesicht bekämen?

»Da drüben ist es«, sagte der Förster und streckte die Hand aus.

Peter und Götz, die zwei Männer, schlossen zu ihnen auf. Hilde, die Frau, ging in die Knie und untersuchte den Waldboden.

Jakob ließ sich erschöpft auf die Erde sinken. Er hatte so lange gequengelt, bis er mit zum Wolfsbau gehen durfte. Aber er hatte nicht gedacht, dass ihn der Weg noch so anstrengen würde.

»Hier sind Wolfsspuren«, sagte Hilde. Den Blick hielt sie unverwandt auf den Boden gerichtet. »Aber ich schätze, sie sind ein paar Tage alt.«

Peter kniete sich neben seine Kollegin.

Götz betrachtete währenddessen die Fallgrube, in der Jakob so viele Stunden hatte ausharren müssen. Er schüttelte den Kopf. »Wir werden nicht anders können, als Strafanzeige zu erstatten«, sagte er.

Der Förster schnaubte, nickte aber mit dem Kopf.

»Es ist nun mal so«, fuhr Götz fort. »Wölfe stehen als bedrohte Tierart auf der roten Liste. Sie dürfen weder erschossen noch mit Fallen gefangen werden.«

Wieder nickte der Förster. Es würde Streit geben in Guthausen. So viel stand fest. Und er befand sich mittendrin.

»Und du sagst, es war eine Fähe mit vier Welpen?« Hilde kauerte sich neben Jakob, der mit dem Rücken an einem Baumstamm lehnte. Ganz langsam erholte er sich von den Anstrengungen der Wanderung.

»Ja«, sagte Jakob. »Es waren vier Welpen. Einer ist in die Falle gegangen.«

»Aber einen zweiten ausgewachsenen Wolf hast du nicht gesehen?«, wollte Hilde wissen.

Jakob schüttelte den Kopf. »Nein. Es war nur

die Mutter mit ihren Kindern. Was werden Sie jetzt machen?«

Hilde rupfte gedankenverloren an einem Grashalm. »Erst mal müssen wir die Tiere finden und einfangen. Mit einem Lappenzaun werden wir sie einkesseln. Dann werden sie betäubt, mit einem Sender ausgestattet und anschließend …«

»Bringen Sie sie weg?«

»Vermutlich. Ja.« Hilde sah Jakob an. »Wenn der Widerstand in der Bevölkerung so groß ist wie hier, haben wir keine andere Wahl.«

»Hilde, kommst du mal?« Es war Peter, der seine Kollegin zu sich rief.

Jakob sah ihr hinterher. Die Biologin ging mit langen Schritten zu Peter hinüber, der vor einem dichten Gebüsch stehen geblieben war.

»O mein Gott!«

Jakob ahnte nur, dass Hilde die Hand vor den Mund riss. Sie stand mit dem Rücken zu ihm. Deshalb konnte er es nicht genau sehen.

»Was ist denn?« Mühsam erhob sich Jakob.

Auf seine Krücken gestützt humpelte er auf die andere Seite der kleinen Lichtung. Doch bevor er einen Blick auf das werfen konnte, was Hilde so erschreckt hatte, stellte sich Peter ihm in den Weg. Er legte einen Arm um die Schulter des Jungen und zwang ihn mit sanftem Druck sich umzudrehen.

»Was ist denn?«, fragte Jakob noch einmal. Er versuchte, sich zu befreien. Doch Peter hielt ihn fest.

»Es ist ein Wolf«, sagte der Mann.

»Ein Wolf?« Jakob verstand nicht.

Peter nickte. »Ein Wolf. Er ist tot.«

»Wie? Tot?« Jakob versuchte zu verstehen. »Aber wie kann das sein? Ich meine …«

»Es ist der Rüde.« Die Stimme kam von Hilde. Die Biologin zog den Kopf aus dem Gebüsch zurück und stand auf. »Er hat eine Schussverletzung an der linken Hüfte.«

»Ein Rüde?« Allmählich erkannte Jakob die Zusammenhänge. Klar, wo ein Weibchen mit Jungen war, musste auch irgendwo ein Männ-

chen sein. So weit hatte er vorher gar nicht gedacht.

»Die Wunde sieht schlimm aus«, fuhr Hilde fort. »Offenbar hat sie sich entzündet. Er muss sehr gelitten haben, bevor er starb.«

Jakob spürte einen Kloß im Hals. Die Männer des Dorfes hatten einen Familienvater getötet. Jetzt war die Mutter mit ihren Kindern allein.

»Deshalb war die Fähe bei uns im Dorf«, sagte der Förster. Er hatte sich neben Jakob gestellt und seinem Sohn tröstend einen Arm um die Schulter gelegt. »Ohne ihren Partner konnte sie nicht jagen. Aber sie brauchte Fressen für sich und ihre Kinder.«

»Und wo ist sie jetzt?«, wollte Jakob wissen.

Nun gesellte sich auch Götz zu ihnen. »Ich habe den Bau gefunden«, sagte er. »Er ist da drüben. Sieht aber verlassen aus.«

»Vermutlich ist die Fähe mit ihren Kindern weitergezogen«, überlegte Hilde laut. »Auf der Suche nach einem neuen, sichereren Revier.«

»Oder nach einem anderen Rudel, dem sie sich anschließen kann«, fügte Götz hinzu.

»Die Wölfe sind weg?«, fragte Jakob. Immer noch versuchte er zu begreifen, was geschehen war.

Hilde zuckte mit den Schultern. »Damit hat sich das Problem für Guthausen zumindest von selbst erledigt.«

Jakob spürte Tränen der Enttäuschung in sich aufsteigen.

Die Wölfe waren weg! Getötet und vertrieben! Offenbar gab es in diesem Wald nicht genug Platz für alle. Für die Menschen und die Tiere.

»Es liegt noch ein weiter Weg vor uns, bis die Menschen begriffen haben, dass nicht nur sie ein Recht haben zu leben«, sagte Hilde. Es klang sehr traurig.

Über Jakobs Wange lief die erste Träne. Die Zeit war offenbar noch nicht reif für Wölfe.

Über ein Jahr später …

Jakob wälzte sich im Bett hin und her. Er dachte nach. Ob es am Vollmond lag, dass er keinen Schlaf fand? Oder an der unerträglichen Hitze in seinem Dachzimmer? Sehr ungewöhnlich für Anfang September. Oder hatte es damit zu tun, dass morgen ein neues Kapitel in seinem Leben beginnen würde? Der erste Tag in einer neuen Schule!

Zum Glück ging Meike in die gleiche Klasse. Dann fühlte er sich wenigstens nicht so allein. Genau einen Monat nach seinem zehnten Geburtstag würde er also morgen endlich kein Grundschulkind mehr sein.

Ein leichter Windhauch wehte durch das geöffnete Fenster. Wurde es endlich kühler?

Auf einmal saß Jakob senkrecht im Bett. Was war das?

Da! Schon wieder!

Dieses melodische Heulen! Sehr leise. Kaum zu hören. Es musste weit entfernt sein. Irgendwo drüben im Wald vielleicht. Aber wieso kam es ihm so vertraut vor? Jetzt war an Schlaf erst recht nicht mehr zu denken.

Er knipste das Licht auf seinem Nachttisch an, schlug das Leinenlaken zurück und stand auf. Mit nackten Füßen schlich er zum Fenster und lauschte in die Dunkelheit. Der Wind kühlte sein Gesicht. Da ertönte das Heulen wieder. Jakob drehte sich um. Sein Blick fiel auf das Poster über seinem Bett, das nun vom Licht der Lampe erhellt wurde. Darauf war ein Wolf zu sehen, der auf einem Felsvorsprung stand. Er hatte den Kopf in den dunkelblauen, fast schwarzen Himmel erhoben und sein Maul geöffnet. Am linken oberen Bildrand prangte der silberweiße Mond. Vollkommen rund.

Wölfe, die den Mond anheulen, dachte Jakob.

Das ist es! Und wie zur Bestätigung ertönte in diesem Augenblick in der Ferne erneut das Geräusch: ein langsam an- und wieder abschwellender Ton.

Das vierstimmige Heulen ließ die Tiere des Waldes aufhorchen. Dort, wo die Baumwipfel nicht so dicht waren, schien der Mond durch die Äste und erhellte den Waldboden.

Der Ruf eines Käuzchens hallte durch den Wald. Seine gelben Augen trafen auf die bernsteinfarbenen des Tieres, das majestätisch durch den Wald schritt und dem Vogel in diesem Augenblick einen verächtlichen Blick zuwarf. Seine Pfoten hinterließen tiefe Abdrücke in dem weichen Boden. Die Abdrücke waren so groß wie die Hand eines Schulkindes.

Dem ersten Tier folgten ein zweites, dann ein drittes und ein viertes. Die hundeähnlichen Wesen verursachten nicht das geringste Geräusch. Kein Ast am Boden zerbrach unter ihrem Gewicht. Obwohl eines der Tiere humpelte.

Als Welpe war es mal in eine von Menschen ausgehobene Grube gestürzt und hatte sich dabei an der Vorderpfote verletzt. Die Verletzung war zum Glück verheilt. Übrig geblieben war nur dieses leichte Humpeln.

Die Tiere des Waldes hatten ihre Ohren gespitzt. Die Rehe schauten umher. Die Mäuse verkrochen sich unter Blätterhaufen. Die Eichhörnchen drängten sich in den Baumwipfeln aneinander und die Vögel in ihren Nestern zogen die Köpfe ein.

Auch der alte Rehbock hatte die Warnung des Käuzchens gehört. Doch er war nicht mehr schnell genug.

Die Jagd dauerte dieses Mal nur wenige Minuten. Die Wölfe hetzten ihre Beute, trieben sie sich gegenseitig zu, brachten sie schließlich zu Fall und schlugen die Zähne in ihren Hals. Die Hufe des Rehbocks zappelten in der Luft. Dann war es wieder still.

Totenstill.

Die Wölfe machten sich über ihre Beute her.

Als sie mit der Mahlzeit fertig waren, stimmten sie wieder ihren Gesang an.

Nach und nach fielen alle vier Tiere in den Chor ein. Zum Schluss das mit dem verletzten Bein.

Allein unter Wölfen

Mit Bildern von Katja Gehrmann

Inhalt

Der Auftrag

Mike warf Karol aus zusammengekniffenen Augen böse Blicke zu.

Klack, klack, klack.

Das Geräusch war rhythmisch. Und unangenehm. Vor allem, weil es das einzige Geräusch im Raum war – wenn man mal von dem Topfklappern absah, das Tante Zofia bei der Zubereitung ihres berühmten polnischen Krauttopfs, dem Bigos, am Herd produzierte. Kein angeregtes Plaudern, kein Lachen erfüllte die

Wohnküche. Nur dieses Klacken des auf- und zuschnappenden Taschenmessers in Karols Händen. Ansonsten herrschte eisiges Schweigen. Als wäre es im Haus so kalt wie draußen. Minus elf Grad.

Klack, klack, klack.

Je nachdem, wie Karol das Messer hielt, fiel

der grelle Schein der Küchenlampe auf das glänzende Metall, wurde von ihm widergespiegelt und traf Mikes Augen hinter den Brillengläsern, sodass er sie schließen oder weggucken musste.

Auf Karols Gesicht machte sich ein gehässiges Grinsen breit, sobald Mike den Kopf abwandte, um dem störenden Blitzen zu entgehen.

Klack, klack, klack.

Mike konnte in Karols Gesicht lesen wie in einem offenen Buch: Schwächling, stand dort. Mickriger Bücherwurm.

Mike wünschte sich, Karol könnte ebenfalls so in seinem Gesicht lesen, wie er in dem seines ein Jahr älteren Cousins. Dann würde er sehen, was Mike von ihm hielt: Angeber, dummer Bauernjunge. Aber Karol schien überhaupt nicht lesen zu können.

Mike seufzte und dachte an seine Mutter, die jetzt allein in einem Krankenhaus in Deutschland lag, um sich die Gallenblase entfernen zu lassen, während er die Weihnachtsferien bei seinem Onkel und seiner Tante in Polen verbrach-

te. Über eintausend Kilometer von zu Hause entfernt. Ob sich seine Mutter ebenso sehr nach ihm sehnte, wie er sich nach ihr?

In diesem Augenblick wurden seine Gedanken von einem lauten Poltern unterbrochen.

Onkel Marek öffnete die Küchentür. Der große Mann musste sich bücken, um unter dem Türsturz durchzupassen. Er klopfte sich kraftvoll den Schnee von der Winter-

jacke und stampfte mit seinen dicken Stiefeln auf, bis sich auf dem Linoleumboden unter seinen Sohlen eine große Pfütze ausbreitete. Dann riss er sich die Mütze vom Kopf, warf sie auf die gestreifte Tischdecke aus Wachstuch und rieb sich die Hände, die rot vor Kälte waren.

»Bei dem Wetter schickt man besser keinen Hund vor die Tür«, brummte er missmutig und ließ sich auf die Küchenbank fallen, die daraufhin bedenklich knackte, als würde sie der Belastung nicht standhalten.

»Du musst aber noch das bestellte Huhn zu Kowalskis bringen, bevor wir essen«, antwortete Tante Zofia vom Herd aus, ohne sich zu ihrem Mann umzudrehen.

»Ich?« Onkel Marek schüttelte energisch den Kopf. »Oh nein, ich war jetzt lange genug draußen. Das kann der Junge machen.«

»Was? Ich denke, bei dem Wetter schickt man nicht einmal einen Hund vor die Tür?«, beschwerte sich Karol lautstark.

»Es wird doch schon dunkel«, mahnte auch

Tante Zofia und drehte sich nun doch um. »Und da willst du den Jungen losschicken?«

»Er ist schließlich kein Baby mehr«, antwortete Onkel Marek. »Nimm das Schneemobil«, sagte er zu seinem Sohn, »dann bist du schnell wieder da.« Seine Stimme duldete keinen Widerspruch.

Karol grunzte missmutig und steckte sein Taschenmesser in die Hosentasche, bevor er aufstand.

»Und nimm Mike mit!«, rief Onkel Marek ihm hinterher, bevor Karol aus der Tür verschwinden konnte.

Jetzt öffnete Karol doch den Mund für Widerworte, aber im letzten Augenblick überlegte er es sich offenbar anders und starrte Mike nur finster an.

Familienbande

Mike folgte Karol nach draußen. Er meinte, sein Atem würde augenblicklich gefrieren, als er hinter seinem Cousin her über den Hof zum abgestellten Schneemobil ging.

Karol lief schnell und drehte sich nicht einmal zu ihm um. Fast so, als versuchte er, ihn abzuhängen. Und das wollte er vermutlich auch.

Mike konnte kaum glauben, dass er mit diesem Angeber verwandt sein sollte. Und dass Karol der Sohn seines Onkels Marek war. Wie konnten zwei, die aus einer Familie stammten, nur so unterschiedlich sein?

Andererseits wäre es vielleicht gar nicht schlecht, ein bisschen mehr so zu sein wie Karol, dachte Mike, während er sich die stinkende

alte Decke, die Karol ihm reichte, eng um die Beine schlug. Das tote Huhn, das in altes Zeitungspapier eingewickelt war, hielt er auf dem Schoß. Wenn er ebenso geschickt wie der Cousin sein Taschenmesser mit einer Hand auf- und wieder zuschnappen lassen könnte, würden die anderen Jungen in der Klasse bestimmt mehr Achtung vor ihm haben. Oder wenn er so vernichtend wie Karol gucken könnte. Und keine Brille tragen würde. Und Muskeln hätte wie er. Dann müsste er vermutlich nicht immer bis zum Schluss warten, bis ihn jemand im Sportunterricht in seine Mannschaft wählte. Und er dürfte vielleicht sogar bei dem geplanten Fußballturnier mitmachen. Ja, das wäre was! Er sah sich in Gedanken bereits auf das gegnerische Tor zulaufen, den Ball wie festgetackert an seinem begnadeten rechten Fuß. Die begeisterten Jubelrufe seiner Klassenkameraden im Ohr, legte er

sich den Ball vor dem Sechzehnmeterraum zurecht wie Miroslav Klose. Und dann … *wumm!*

Das Schneemobil machte einen Satz nach vorn, als Karol anfuhr. Mike klammerte sich mit einer Hand an der Sitzbank fest, um nicht runterzufallen.

In der hereinbrechenden Dämmerung rauschten sie nun auf den Wald zu, der unmittelbar hinter dem alten Gutshof begann. Im Sommer lockten die grünen Wiesen, die rauschenden Flüsse und die stillen Seen einige Touristen an. Doch jetzt war kein Sommer. Jetzt herrschte ei-

siger Winter. Minus elf Grad hatte das Thermometer angezeigt.

Mike kniff die Augen zusammen und starrte auf Karols Rücken, der vor ihm saß und das Schneemobil lenkte. Der Motor dröhnte. Der eiskalte Fahrtwind brannte wie Feuer auf seiner Haut. Als würde jemand mit kleinen Stecknadeln nach ihm schmeißen, die in seinem Gesicht stecken blieben.

Trotz der Kälte genoss Mike die Geschwindigkeit, mit der sich das Schneemobil seinen Weg durch den Wald bahnte. Es war fast wie Achterbahn fahren.

Karol drehte den Gashahn voll auf. Das Schneemobil machte einen Satz über einen Hügel hinweg und Mike hatte das Gefühl zu fliegen. Er hätte gerne selbst mal das Steuer übernommen. Aber Karol hatte ihm bereits bei ihrem ersten Ausflug mit dem Gefährt klargemacht, dass es dazu nicht kommen würde. »Das ist nur was für echte Männer«, hatte er gesagt. »Das kannst du nicht.«

Wieder stieg Wut in Mike hoch, als er sich an Karols hochmütigen Gesichtsausdruck erinnerte. Hier, im Nirgendwo, inmitten von Schneebergen kam sich Karol vielleicht toll vor. Dabei hatte er keine Ahnung von der Welt.

Wie sollte er auch? Der nächste größere Ort war zwar nur 15 Kilometer entfernt, doch brauchte man für diese Strecke fast eine Stunde, weil es nicht einmal eine Straße gab, die auf direktem Wege dorthin führte. Verglichen mit den anderen Bauerntrampeln war Karol vielleicht ein toller Kerl. Aber was sagte das schon aus?

Mike wünschte sich, dass Karol ihn einmal in Deutschland besuchte. Dann würde er ihm schon zeigen, wovon er alles keine Ahnung hatte: von Computerspielen, Kinos, Freizeitparks …

Allerdings würde Karol dann auch merken, dass Mike keine echten Freunde hatte. Dass er ein Außenseiter war. Und dieser Gedanke gefiel Mike ganz und gar nicht. Er war mindestens ebenso düster wie der Wald um ihn herum, dessen Baumwipfel unheimlich und bedrohlich in den Nachthimmel aufragten.

Zu schnell gefahren

Der Motor des Schneemobils heulte laut auf. Mike umklammerte mit einer Hand das Huhn auf seinem Schoß und mit der anderen seine Brille, die zu verrutschen drohte. Beinahe wäre er vom Fahrzeug heruntergefallen, als Karol plötzlich eine scharfe Linkskurve machte, um einem Baumstamm auszuweichen.

Konnte es sein, dass Karol besonders schnell fuhr, um ihm irgendetwas zu beweisen?

Mike hatte die Frage noch nicht ganz zu Ende gedacht, als das Schneemobil so schlagartig abbremste, dass er nach vorne rutschte und gegen Karols Rücken prallte, der vor ihm saß. Das Huhn landete im Schnee.

»Psia kos̀c̀«, fluchte Karol.

Mike unterdrückte ein Grinsen. »Psia koŝĉ« hieß »Hundeknochen«. Dieses Schimpfwort stammte von seiner und Karols gemeinsamer Großmutter, die auch immer geflucht hatte, wenn ihr etwas misslang. Für eine Sekunde fühlte sich Mike seinem Cousin verbunden, der mit wachsender Verzweiflung versuchte, den abgewürgten Motor des Fahrzeugs erneut zu starten. Doch die Maschine gab lediglich einige ungesund klingende Geräusche von sich.

»Hundeknochen!«, fluchte Karol wieder und versuchte es noch einmal. Diesmal blieb der Motor ganz still.

Mike lauschte in die hereinbrechende Dunkelheit. Das Grinsen war ihm mittlerweile vergangen. Denn außer dem Rufen eines einsamen Vogels war nichts zu hören. Die Stille um sie herum hatte etwas Beunruhigendes an sich. Als wäre die ganze Welt in Watte gepackt.

Mike rieb sich die schmerzende Stirn, während er von der Sitzbank des Skidoos kletterte. Er bückte sich, um das Huhn vom Boden aufzuheben.

»Hundeknochen!«, fluchte Karol zum dritten Mal und trat gegen das Schneemobil.

Aber das änderte seine Meinung deswegen nicht. Es blieb stumm.

Mike sah sich in der Dunkelheit um. Außer Bäumen und jeder Menge Schnee konnte er nichts erkennen.

»Und was machen wir jetzt?«, fragte er leise.

Ski

Karol zuckte die Schultern und blickte sich ebenfalls um, als hoffte er, von irgendwo Hilfe nahen zu sehen.

»Wir müssen warten«, erklärte er nach einer Weile.

»Warten?«, fragte Mike, dem die Kälte bereits die Hosenbeine hinaufkroch. »Warten worauf?«

Doch Karol antwortete nicht. Stattdessen lief er gebückt hin und her und suchte im Schnee nach abgebrochenen Ästen.

»Hilf mir lieber, statt dumm rumzustehen«, sagte er zu Mike, der wie gelähmt neben dem Schneemobil verharrte und seinem Cousin zusah. »Wir müssen ein Feuer machen, sonst erfrieren wir.«

»Erfrieren?« Mikes Stimme klang ganz dünn. Er spürte, wie die Kälte von ihm Besitz ergriff und ihn lähmte.

Irgendwo im Nirgendwo

Karol trug nicht nur stets ein Taschenmesser mit sich herum, er besaß darüber hinaus ein eigenes Sturmfeuerzeug, wie Mike feststellte, als Karol die Äste anzündete.

Das Feuer qualmte, denn das Holz war feucht. Mike rieb sich die Hände über der Flamme und wickelte sich seine Decke fester um die Beine. Die Decke stank erbärmlich nach einer Mischung aus Mottenkugeln, Schweiß und altem Käse. Aber wenigstens würde sie dafür sorgen, dass er nicht so schnell erfror. Jetzt schon konnte er seine Finger kaum noch spüren.

Karol blickte grimmig in die Flammen. Er schien keine Lust zu haben, sich mit Mike zu unterhalten, während sie darauf warteten, dass jemand sie vermisste und nach ihnen suchte.

Mike horchte in sich hinein. Aber auch ihm fiel kein einziges Thema ein, zu dem er gerne Karols Meinung erfahren hätte. Also tat er es seinem Cousin gleich und starrte ebenfalls in die Flammen.

Hin und wieder knackte hinter ihnen etwas. Und nicht nur Mike zuckte bei jedem Geräusch zusammen. Es war ein unheimliches Gefühl, hier mitten im Nirgendwo zu sitzen. Kilometerweit vom nächsten Haus entfernt. Was

würde geschehen, wenn ein schlecht gelauntes Wildschwein vorbeikam?

Ein unheimliches Geräusch ließ Mike aufhor-

chen. Er lauschte dem Laut, der weit entfernt und zugleich ganz nah klang. Auf unheimliche Weise melodisch. So etwas hatte er noch nie gehört. Einen Augenblick lang klang es wie eine Sirene, im nächsten wie das Winseln eines Hundes, dann wieder, als würde ein Mann ein lang gezogenes Stöhnen ausstoßen.

Karol schien ebenfalls etwas gehört zu haben und Mike bemerkte, dass sein Cousin beunruhigt aussah. Beunruhigt war eigentlich nicht das richtige Wort, überlegte Mike. Karol sah aus, als hätte er Angst. Als hätte er die Hosen gestrichen voll! Von seinem sonst so selbstsicheren Gesichtsausdruck war nichts mehr übrig. Sein Gesicht war verzerrt vor … ja, überlegte Mike, vor Panik.

Schauermärchen

»Was ist das?«, fragte Mike, während das unheimliche Heulen weiterging.

»Wölfe.« Karol hatte so leise gesprochen, dass Mike ihn zunächst nicht verstand.

»Wölfe?«

Karol nickte stumm. Er war in den letzten Minuten ziemlich blass geworden, fand Mike. Aber vielleicht lag das ja auch nur an der Kälte?

»Cool«, entfuhr es Mike. Augenblicklich erinnerte er sich an all die Wolfsbücher, die zu Hause in seinem Regal standen. *Wolfsblut* von Jack London und *Ein Sommer mit Wölfen* von Farley Mowat gehörten zu seinen Lieblingsbüchern.

»Cool?« Karol schüttelte fassungslos den

Kopf. »Du hast ja keine Ahnung! Wölfe sind Monster, Bestien! Erst letztens hat mir Ludwik erzählt, wie es war, als die Wölfe in sein Dorf eingefallen sind und die Babys aus ihren Betten gestohlen haben!«

Mike schüttelte sich bei der Vorstellung. Trotzdem fragte er seinen Cousin: »Wer ist denn Ludwik?«

Karol machte eine wegwerfende Handbewegung. »Ein alter Freund von meinem Vater. Aber es ist auch egal, wer er ist. Wir alle hier wissen, wie gefährlich die Wölfe sind.«

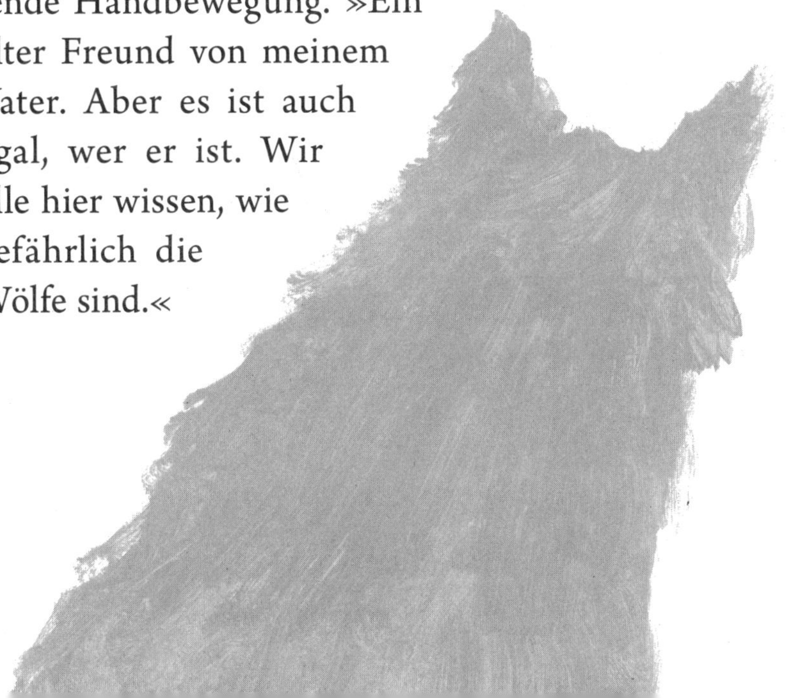

»Und es sind wirklich Wölfe ins Dorf gekommen und haben die Babys geklaut?« Mike konnte kaum glauben, was er da hörte.

Karol nickte ernst. »Ludwik war damals selbst noch ein Baby. Ihn haben die Wölfe verschont.«

Mike zog zweifelnd die Augenbrauen hoch. War das eine wahre Geschichte? Oder eines dieser Schauermärchen, die vom Großvater über den Vater zum Sohn weitergereicht und bei jeder neuen Erzählung noch ein bisschen gruseliger werden?

Das Heulen klang jetzt noch lauter. Waren die Wölfe näher gekommen?

Mike spürte eine ausgewachsene Gänsehaut auf seinem Rücken, die er nicht nur auf die Kälte zurückführte. In seinen Büchern waren Wölfe immer geheimnisvolle, missverstandene Wesen, die zu Unrecht gejagt und getötet wurden. Aber es waren nur Bücher. Und er las sie abends im warmen Bett, mit einer Tüte Gummibärchen neben sich und seiner Mutter im Zimmer nebenan. Auf jeden Fall war es etwas ganz anderes, wenn man in der Sicherheit einer Dreizimmerwohnung im sechsten Stock eines Hochhauses in einem Buch las: *Die Wölfe kamen näher und näher. Er konnte*

bereits ihren Atem hören. Oder ob man bei minus elf Grad in einem eingeschneiten Wald mitten im Nirgendwo saß und die Wölfe hinter sich atmen hörte.

Was, wenn Karol recht hatte? Wenn die Wölfe so ausgehungert waren, dass sie auch vor Menschen nicht haltmachten? Zumindest wusste Mike, dass ihre angeborene Scheu vor Menschen in der Nacht nachließ und dass sich Wölfe im Schutz der Dunkelheit tatsächlich ab und zu in

die Wohngebiete der Menschen vorwagten. Und jetzt war es dunkel!

Mike drehte sich um und starrte angestrengt in die Schatten hinter seinem Rücken. Waren da wirklich nur Büsche? Oder leuchtete ihm dort bereits ein Paar Augen entgegen?

Wieder erklang das merkwürdige vielstimmige Heulen. Und diesmal hörte es sich so an, als wäre es direkt hinter ihm.

Revier-Markierung

Mit einem Satz sprang Mike auf. Die Decke fiel zu Boden und er zog sich die Hose bis auf die Knie herunter.

Obwohl er geglaubt hatte, ihm könne gar nicht mehr kälter werden, spürte er die eisige Luft wie Nadelstiche auf seiner nackten Haut an den Oberschenkeln und am Po.

Karol schaute ihm ungläubig zu. »Was machst du da?«, fragte er. »Spinnst du jetzt völlig?«

Mike starrte konzentriert auf seinen Urinstrahl, mit dem er einen Kreis um sich, Karol und das Feuer zu ziehen versuchte. Der Urin war warm genug, um den Schnee zum Schmelzen zu bringen. Mike konnte deutlich sehen, wohin er gepinkelt hatte.

Er schüttelte die letzten Tropfen ab, zog sich die Hose wieder hoch und setzte sich zurück ans Feuer.

Karol starrte ihn fassungslos mit offenem Mund an.

»Das habe ich mal in einem Buch gelesen«,

erklärte Mike. »Wölfe markieren ihr Revier durch Urin. Und sie erkennen die Reviere anderer an. Vielleicht respektieren sie auch unser Revier.«

Karols Mund stand immer noch offen.

Bauerntrampel, dachte Mike.

Langsam blickte Karol sich um. Er folgte mit den Augen der Spur, die Mikes Urin im Schnee hinterlassen hatte. Der Kreis war nicht ganz geschlossen, genau hinter seinem Rücken fehlte ein Stück. Mikes Urin hatte nicht gereicht.

Mike konnte sehen, wie Karol überlegte. Dann schüttelte sein Cousin plötzlich den Kopf und zog die Decke fester um seine Beine, als könnte sie ihn irgendwie schützen – nie und nimmer würde er sich die Blöße geben, hier vor dem Verwandten aus Deutschland in den Schnee zu pissen. Lieber sollten ihn die Wölfe holen!

Mike hörte das neue Geräusch als Erster. Es klang, als wäre jemand außer Atem. Dann erst wurde ihm klar, was er da hörte!

Sein Körper vollführte die Bewegung ohne die Zustimmung seines Kopfes. Er wollte sich nicht umdrehen. Er wollte gar nicht wissen, was dort hinter ihm war. Und doch wendete er langsam den Kopf und starrte angestrengt in die Dunkelheit hinter seinem Rücken.

Der Schein des Feuers spiegelte sich in den Augen des Tieres wider, das aus einem Gebüsch hervorsah und ihn selbstbewusst anblickte. Seine Zunge hing aus seinem Maul. Es hechelte. Das war das Geräusch! Ein hechelnder Wolf!

Dann hörte Mike ein leises Wimmern und blickte zurück auf Karol, der die Beine dicht an seinen Körper gezogen hatte, sein Gesicht in den Händen verbarg und diesen merkwürdigen Laut produzierte. Sein ganzer Körper schien zu vibrieren.

Karol zitterte vor Angst!

Mikes Herz raste. Wenn das stimmte, was in seinen Büchern stand, dann hätten sich die Wölfe gar nicht so nah an sie herangetraut. Dann hätten sie so schnell wie möglich das Weite ge-

sucht, nachdem sie die Witterung der beiden Menschen wahrgenommen hatten.

Vielleicht stimmt ja auch der Rest nicht?, dachte Mike. Vielleicht stimmte stattdessen die Geschichte, die Karol ihm erzählt hatte. Die Geschichte von Wölfen, die Babys aus ihren Wiegen stahlen.

Hatte der Geruch des toten Huhns die Wölfe angelockt? Würden sie ihn und Karol verschonen, wenn er ihnen das Huhn zuwarf? Oder gerieten sie dann erst recht in einen Blutrausch?

Mike erinnerte sich, dass Wölfe in eine Art Zeitschleife geraten konnten. Dann hörten sie nicht auf zu töten, ehe jedes Tier im Umkreis erlegt war. Als hätte sich ihr Programm aufgehängt: erst töten, dann fressen. Also war die Idee mit dem Huhn vielleicht doch nicht so gut?

Es war nur ein leises Rascheln, als sich der Wolf plötzlich erhob und langsam, schleichend, hin und her lief wie ein Tier im Zoo. Als wartete er auf den Tierpfleger, der ihm sein Fressen bringt.

Durch die Lappen gegangen

Plötzlich war er nicht mehr allein. Ein zweiter Wolf stand mit einem Mal neben dem ersten. Unruhig liefen die beiden Tiere hin und her.

Karol sprang so heftig auf, dass er beinahe über die heruntergerutschte Decke stolperte, die sich wie ein Fallstrick um seine Füße wand. Er zerrte hastig am Reißverschluss seiner Hose und die ersten Tropfen benässten seine Hosenbeine. Die Linie, die er mit seinem Urin zog, sah aus wie die Zickzacklinie, mit der Mikes Mutter seine Jacke genäht hatte.

Komisch, dass mir das jetzt wieder einfällt, überlegte Mike. Nach der Schule hatten die Jungen aus seiner Klasse ihm aufgelauert, um ihn zu verprügeln. Mike war schnell auf einen Baum

geklettert und hatte sich dadurch in Sicherheit gebracht. Doch war er mit dem Ärmel an einem Ast hängen geblieben und hatte dabei ein Loch in die Jacke gerissen.

Jetzt sah Mike sich um: Vielleicht konnten sie sich auch vor den Wölfen in Sicherheit bringen, indem sie auf einen der Bäume kletterten?

Doch die Bäume hier waren anders als die bei ihm zu Hause. Die Stämme waren sehr hoch und sehr glatt. Vollkommen aussichtslos, dort hinaufzukommen. Die ersten Äste wuchsen erst in mehr als zwei Metern Höhe! Und sie machten kaum den Eindruck, als wären sie stabil genug, einen zehnjährigen Jungen zu tragen.

Karol stieß immer noch dieses merkwürdige Wimmern aus. Fast tat er Mike ein wenig leid. Sein Cousin kämpfte mit den Tränen. Von seiner coolen Überlegenheit war nicht mehr viel zu spüren.

Aber auch Mike zitterte. Er kämpfte den Gedanken an sein Zuhause und an seine Mutter nieder. Sonst wären ihm ebenfalls die Tränen in die Augen gestiegen.

Die Dunkelheit um ihn herum war so undurchdringlich, so schwarz – er konnte sich nicht daran erinnern, jemals eine solche Finsternis erlebt zu haben. Auch das Feuer reichte nicht aus, die Umgebung zu erhellen.

Mike versuchte, sich nicht umzudrehen. Er

wollte die Augen der Tiere, die hinter seinem Rücken lauerten, nicht sehen. Und doch konnte er nicht anders.

Es waren vier. Vier Augenpaare. Acht Augen. Mal waren sie etwas weiter links, dann etwas weiter rechts. Die Wölfe schlichen hin und her. Sie umkreisten die Jungen und schienen auf irgendetwas zu warten.

»Ich habe noch eine Idee«, sagte Mike leise, als das Feuer, das die beiden Jungen wärmte und die Wölfe fernhalten sollte, allmählich kleiner und kleiner wurde.

Karol schnaubte. Was für eine Idee willst du Brillenträger schon haben?, sollte sein Schnauben vermutlich heißen.

Aber Mike ließ sich nicht einschüchtern. Nicht mehr. Jedenfalls nicht von Karol. »Weißt du, woher das Sprichwort ›durch die Lappen gehen‹ stammt?«, fragte er seinen Cousin.

Karol zuckte mit den Schultern. »Keine Ahnung«, sagte er. »Ich weiß nur, dass man das

sagt, wenn man etwas, das man haben wollte, nicht gekriegt hat.«

»Genau«, antwortete Mike. »Früher hat man Wölfe gefangen, indem man sie mit einem Lappenzaun einkreiste. Die Männer hielten Lappen vor sich und kreisten den Wolf damit ein, weil sie wussten, dass diese Lappen für die Tiere wie eine undurchdringliche Mauer sind. Meistens hat das geklappt. Und wenn dann doch mal einer den Kreis durchbrach und abhaute, dann war er halt ›durch die Lappen gegangen‹.«

»Na toll«, sagte Karol. »Und was hat das mit uns zu tun?«

»Vielleicht kann man die Wölfe mit den Lappen auch dazu bringen, einen Kreis nicht zu betreten«, antwortete Mike mit leiser Stimme.

Ein Messer im Einsatz

Karol schien zu überlegen.

»Okay«, sagte er schließlich und erhob sich.

Doch kaum stand Karol, da kam auch Bewegung in die Wölfe. Alle vier Tiere sprangen auf und liefen nervös auf und ab.

Mike konnte sie leise knurren hören und hatte bei dem Geräusch kein einziges Haar mehr am Körper, das sich nicht vor Angst aufrichtete.

Er hatte schon viele Hunde knurren gehört. Aber noch nie war ihm dieses Geräusch so bedrohlich vorgekommen. Sämtliche Werwolf-Fantasien wurden in ihm wach. Geschichten aus dem Mittelalter und von den alten Germanen.

»Warg« nannten die alten Germanen den

Wolf. Und »Warg« oder »Warag« hieß auch der Räuber, der wie ein Wolf rastlos im Wald lebte. Niemand durfte diese Friedlosen beherbergen oder ihnen helfen, aber jedermann konnte sie ungestraft erschlagen. Ebenso wie einen Wolf.

Erwartungsvoll sahen die Wölfe jetzt zu den beiden Jungen hinüber. Bei ihrem Anblick fiel Mike wieder das frisch geschlachtete Huhn ein, das sie bei sich hatten.

Hofften die Wölfe, sie würden sie damit füttern?

Er hatte mal von Wölfen gehört, die sich an die Nähe zu Menschen gewöhnt hatten, weil sie von ihnen gefüttert worden waren. Vielleicht war es mit diesen hier genauso?

Mike beobachtete seinen Cousin, der mit zitternden Fingern in seiner Hosentasche nach dem Klappmesser suchte.

Er setzte sich, das Messer in der Hand, so schnell wieder hin, dass einer der Wölfe, von der plötzlichen Bewegung erschreckt, zurücksprang.

»Also gut«, sagte Karol und hielt die dicke alte, nach Mottenkugeln stinkende Decke vor sich in die Höhe.

Er zögerte einen Augenblick, seinen Schutz vor der eisigen Kälte zu zerstören. Dann seufzte er und setzte das Messer an.

Die Decke war so spröde, dass man sie beinahe mit bloßen Händen zerreißen konnte.

Während Karol die Decken in Streifen schnitt, zog Mike seine Schnürsenkel aus den Stiefeln, die er trug. Er hatte kaum noch Gefühl in seinen halb erfrorenen Fingern und kam deswegen nur mühsam voran.

Als er es endlich geschafft hatte, griff er nach einigen dünnen, langen Ästen, die noch neben dem Feuer lagen, steckte sie in den Schnee und spannte die Schnürsenkel zwischen ihnen auf. Dann griff er nach dem ersten Fetzen von der Decke und hängte ihn sorgfältig über die Leine.

Karol beobachtete ihn aus den Augenwinkeln. Mike bemerkte, dass er anerkennend nickte. Auf diese Idee wäre sein Cousin offensichtlich nicht gekommen.

Doch schließlich machte Karol es ihm nach. Er entfernte ebenfalls die Schnürsenkel aus seinen derben Stiefeln und half Mike, die Reste der Decke um sie herum aufzuhängen.

Die Wölfe beobachteten sie und schienen nur auf eine Gelegenheit zu warten, um sie anzugreifen.

Mike dachte an die Babys, die sie angeblich aus ihren Betten gestohlen hatten. Und an all die anderen vielen Schauergeschichten, die er bereits über Wölfe gehört hatte. Zum Beispiel die Geschichte über die Bestie von Gévaudan, die im 18. Jahrhundert in Frankreich innerhalb von nur drei Jahren über hundert Menschen getötet und gefressen haben sollte.

Aber er dachte auch daran, dass die Indianer den Wolf als Herrscher auf dem Land verehrt hatten. Für sie war er eine gottähnliche Erscheinung, die zwar manchmal etwas unüberlegt, aber stets gütig und weise handelte.

Im Mittelalter hatte man Wölfe sogar vor Gericht gestellt, fiel Mike ein. Und obwohl der Urteilsspruch, nämlich Tod durch Erhängen, in jedem Fall von vornherein feststand, hatte man ihnen sogar einen Verteidiger zugestanden.

Ein lang gezogenes vierstimmiges Heulen riss Mike ruckartig aus seinen Gedanken.

War dies das Ende?

War er 21 Stunden mit dem Zug in die Einsamkeit gereist, nur um hier zu sterben? Weit weg von seiner Mutter und seinem Zuhause?

Das Zeichen zur Jagd

Mike blickte starr auf die Wand aus Lappen. Jetzt musste er wenigstens den Anblick der im Dunkeln leuchtenden Wolfsaugen nicht mehr ertragen. Die Augen waren hinter den Lappen. Doch die Geräusche, die die Wölfe von sich gaben, konnte der Lappenzaun nicht abhalten. Er hörte eins der Tiere winseln.

Vielleicht wäre es besser, sie zu sehen, überlegte Mike. Wenn die Wölfe nun angriffen, würden er und Karol davon völlig überrascht. Andererseits hatten sie ohnehin keine Waffen, um sich gegen die vier Tiere zu wehren. Abgesehen von Karols Taschenmesser, das zwar alte Decken zerschnitt, aber wohl kaum scharf genug war, um damit einen Wolf zu töten. Also war es auch egal.

Von dem Feuer war außer einem Rest roter Glut nicht mehr viel übrig. Mike rieb sich die Hände. Die Kälte schmerzte. Er konnte seine Füße nicht mehr spüren. War es wirklich eine gute Idee gewesen, die Decken zu zerschneiden? Oder würden sie nun nur umso schneller erfrieren?

Sein Cousin Karol starrte ebenso ins Leere wie er. Sie hatten einander nichts zu sagen. Nicht einmal jetzt, wo sie gemeinsam auf ihr Ende warteten.

Wenn das Feuer erst einmal ganz verloschen war, würden die Wölfe vermutlich angreifen, überlegte Mike. Vielleicht waren es Wolfsmischlinge, die die Scheu vor den Menschen verloren, aber die Aggressivität des Wolfs behalten hatten? So sollte es schließlich auch bei der Bestie von Gévaudan gewesen sein, auf die bis zu 20.000 Bauern und Soldaten gleichzeitig Jagd gemacht hatten. Der Menschenfresser, wie er genannt wurde, konnte angeblich rückwärts genauso schnell laufen wie vorwärts. Und wenn

er sich fortbewegte, ließ er die Erde unter seinen Schritten erbeben.

Mike schüttelte den Kopf. Rückwärts genauso schnell wie vorwärts. So ein Quatsch. Er seufzte. Wie lange saßen sie jetzt schon hier? Drei Stunden? Vier? Er hatte jegliches Gefühl für die Zeit verloren.

Mike merkte, wie er allmählich schläfrig wurde. Die Kälte raubte ihm die letzte Kraft. Er blickte zu Karol hinüber. Sein Cousin hatte die Augen bereits geschlossen. Sein ganzer Körper zitterte vor Kälte. Oder vor Angst.

»Karol!« Mike rüttelte seinen Cousin an der Schulter und zischte leise seinen Namen. »Karol, du darfst nicht einschlafen!«

Karol öffnete mühsam die Augen. Aber er hatte nicht mehr genug Kraft, sie offen zu halten, und die Lider fielen wieder zu.

Mike sah über sich durch die kahlen Baumwipfel den Mond am Himmel stehen. Es war jetzt weniger dunkel als vorhin. War der Mond rund? Mike schaute genauer hin. Vielleicht war

Vollmond und die Kreaturen, die hinter ihnen lauerten, waren gar keine echten Wölfe, sondern Werwölfe? Menschen, die sich bei Vollmond in Wölfe verwandelten? Mike erschauderte. Vor allem Außenseiter wurden früher verdächtigt, sich in Werwölfe verwandeln zu können. Und ein Werwolf konnte nur durch eine Kugel aus Silber getötet werden. Auch das wusste Mike.

Als die Wölfe jetzt wieder anfingen zu heulen, riss Karol erschrocken die Augen auf.

Das Geräusch war so laut, dass es in den Ohren schmerzte.

War dies das Zeichen? War es das Startsignal zur bevorstehenden Jagd? Würden sich die Wölfe jetzt auf sie stürzen?

Ende eines Albtraums

Mit einem Zischen erlosch das letzte glühende Holzstück im nassen Schnee und eine einsame tänzelnde Rauchwolke bahnte sich ihren Weg in den sternenklaren Nachthimmel.

Mike bereitete sich auf das bevorstehende Ende vor.

Wie würde es sein, wenn die Wölfe sich auf

sie stürzten? Was würden sie tun? Würden sie sie augenblicklich töten? Mike fing an zu zittern.

Die Wölfe liefen immer noch unruhig hin und her. Mike konnte sie nicht sehen, aber er hörte das Rascheln, wenn sie durchs Unterholz schlichen, und das leise Knacken, wenn einer von ihnen auf einen toten Ast trat.

Mit einem Mal winselte eins der vier Tiere.

In diesem Augenblick nahm auch Mike das näher kommende Geräusch wahr: ein leises Brummen, das lauter und lauter wurde.

Mike schluckte. Sein Herz klopfte bis zum Hals.

Welches Tier hatte ihre Fährte jetzt noch entdeckt?

Auch die Lebensgeister seines Cousins schienen mit einem Mal wieder zu erwachen.

Er hob den Kopf und lauschte in die Finsternis.

Plötzlich durchbrach ein Lichtkegel die Dunkelheit.

Das Brummen hatte sich mittlerweile zu einem gewaltigen Donnern ausgewachsen und in

diesem Augenblick schoss ein Schneemobil geradewegs auf Mike und Karol zu.

Die Wölfe jaulten auf und verschwanden schnurstracks im Schutz der umstehenden Bäume.

Mike hörte, wie ihr Heulen immer leiser wurde, je weiter sie sich entfernten. Offenbar wussten sie, dass ihre Chance vertan war.

Für dieses Mal waren er und sein Cousin also noch einmal davongekommen.

Karols Vater würgte den Motor ab und sprang von seinem Skidoo. Er stürmte auf Karol zu, der sich mittlerweile ebenso wie Mike erhoben hatte, und zog seinen Sohn an sich. Er drückte ihn so fest, dass Karol trotz der Kälte das Blut ins Gesicht schoss, und schloss dabei die Augen, als kämpfe er gegen die Tränen an.

Mike sah die Angst im Gesicht seines Onkels, als der sich jetzt umschaute und die Situation mit wenigen Blicken zu erfassen schien.

Für Karol gab es nun kein Halten mehr.

Die Tränen schossen nur so aus seinen Au-

gen. Er bemühte sich nicht einmal, sie wegzuwischen.

Mike stand mit hängenden Schultern ein wenig abseits. Er wäre jetzt auch gerne von jemandem in den Arm genommen worden. Schon lange hatte er sich nicht mehr so nach seiner Mutter gesehnt – auch wenn er das natürlich niemals zugeben würde.

Sein Onkel streckte die Hand nach ihm aus. Langsam ging Mike auf ihn zu und ließ sich

dankbar von seinem Onkel umarmen. Er verbarg sein Gesicht an seiner Brust.

Karol deutete um sich: auf die Reste des Feuers und den Lappenzaun, der ihnen Schutz geboten hatte.

»Das war Mikes Idee«, sagte er und in seiner Stimme schwang ein ganz neuer Ton mit. Es klang jedenfalls nicht nach »Schwächling« oder »mickriger Bücherwurm«.

Onkel Marek klopfte Mike auf die Schulter.

»Kluger Junge«, sagte er.

Mike sah zu Karol hinüber. Sein Cousin lächelte ihm zu. Und auch in Karols Gesicht sah Mike nun etwas, das neu für ihn war. Er brauchte eine Weile, um das richtige Wort für diesen Gesichtsausdruck zu finden, der ihm so wenig vertraut war, weil er ihn so selten sah. Dann fiel es ihm ein: Bewunderung.

Danke möchte ich sagen Marzena Hülsemann
für die »Hundeknochen«.

Mythos Wolf

Rotkäppchen, Der Wolf und die sieben Geißlein, Peter und der Wolf … In (deutschen) Märchen und Geschichten kommt der Wolf nicht gut weg. Er ist heimtückisch, gierig und vor allem gefährlich. Aber stimmt das eigentlich? Ist der Wolf wirklich so schlecht wie sein Ruf?

Die gemeinsame Geschichte von Mensch und Wolf ist sehr alt. Schon vor etwa 15.000 Jahren wurden die ersten Wölfe von Menschen aufgezogen und als Haustiere gehalten. Sie sind die Vorfahren unserer Hunde. Erst als der Mensch damit begann, Vieh auf Weiden zu halten, wurde das Verhältnis zum Wolf schwieriger. Er wurde mehr und mehr als Konkurrent um Nahrung wahrgenommen und unerbittlich gejagt.

Mitte des 19. Jahrhunderts, also um 1850, galt der Wolf in Deutschland als ausgerottet. 150 Jahre lang war Deutschland frei von Wölfen. Erst im Jahr 2000 kehrten die Wölfe nach Deutschland zurück. Zunächst ließen sie sich nur im Osten, nahe der polnischen Grenze nieder. Doch sie breiten sich zusehends weiter aus, durchwandern Deutschland von Osten nach Westen. So wurden zum Beispiel in Mecklenburg-Vorpommern, Brandenburg/Berlin, Sachsen, Sachsen-Anhalt und Niedersachsen/Bremen Wolfsrudel gesichtet. Vereinzelte Tiere sogar in Bayern. Mittlerweile leben in Deutschland wieder 60 Wolfsrudel, schätzungsweise 400 Tiere. Und Landwirte schlagen Alarm. An einigen Orten haben Wölfe bereits Weidevieh wie Schafe und Lämmer gerissen. Also ist der Wolf doch eine Bedrohung für uns Menschen?

In erster Linie ist er ein Konkurrent, denn er frisst vorzugsweise Fleisch. So wie die meisten Menschen auch. Vermutlich wurde er vor allem aus diesem Grund aus Deutschland vertrieben. In Zeiten, in denen Nahrung knapp war, konnten wir Menschen es uns nicht leisten, Tiere, die wir selbst verzehren wollten, an den Wolf zu verlieren. Und ja, der Wolf ist ein Raubtier! Er hat 42 zum Teil sehr spitze Zähne und wenn er will, kann eine Begegnung mit ihm für uns Menschen durchaus gefährlich werden. Aber will er das?

Wölfe sind sehr soziale Tiere. Sie leben in Familienverbänden, den sogenannten Rudeln, und kümmern sich liebevoll um die Aufzucht ihrer Kinder. Die Elternpaare bleiben oft ein Leben lang zusammen. Wölfe sind scheu und meiden die Begegnung mit uns, da sie wissen, dass Menschen durchaus auch für sie zu einer Gefahr werden können. Die Wahrscheinlichkeit, einem Wolf zu begegnen, ist deshalb nach wie vor sehr gering. Und wenn, wird er vermutlich schleunigst das Weite suchen.

Keinesfalls sieht der Wolf uns Menschen als Beute. Seine bevorzugte Nahrung sind Huftiere. Also zum Beispiel Rehe. Doch nur in einem von zehn Versuchen, ein Tier zu erlegen, ist der Wolf erfolgreich. Deshalb stehen auf seinem Speiseplan auch kleinere Tiere, etwa Hasen und Mäuse. Größere Tiere können nur im Rudel gejagt werden. Und dabei erlegt der Wolf die alten, kranken, schwachen Tiere, manchmal aber auch Jungtiere. Zwischen »erlaubter« Beute (den Wildtieren im Wald) und »verbotener« Beute (den Weidetieren des Menschen) kann der Wolf nicht unterscheiden. Wenn wir also wieder mehr Wölfe in Deutschland haben, müssen wir uns überlegen, wie wir unsere Weidetiere vor ihnen schützen können. Zum Beispiel durch höhere und mit Strom versehene Zäune oder durch Hütehunde.

Wölfe sind also keine Bestien. Aber ebenso wenig sind sie Kuscheltiere. Keinesfalls sollte man sie füttern, damit sie sich nicht an unsere Nähe gewöhnen. Wölfe, die Menschen mit Futter verbinden, könnten sonst mehr und mehr ihre Scheu verlieren und vielleicht auch irgendwann versuchen, Futter »einzufordern«. Wenn ein Wolf wider Erwarten bei einer Begegnung nicht von selbst im Unterholz verschwindet, sollte man nicht einfach davonlaufen, sondern sich langsam rückwärts gehend entfernen. Gegebenenfalls kann man ihn mit Lärm vertreiben, z.B. indem man in die Hände klatscht oder schreit.

Übergriffe von Wölfen auf Menschen sind aber in der Tat sehr selten. In ganz Europa starben seit der Mitte des 20. Jahrhunderts neun Menschen durch den Angriff eines Wolfs. In fünf Fällen hatten die angreifenden Wölfe Tollwut, also eine Krankheit, die sie aggressiv werden ließ. Die Tollwut gilt aber in Deutschland als ausgerottet.

Doch nicht nur durch Wölfe kommen Menschen zu Schaden. Ein Wildschwein, dem wir im Wald mindestens genauso gut begegnen können wie einem Wolf, kann ebenfalls zu einer Gefahr werden. Oder eine Kuh, die ihr Kalb beschützen möchte. Oder Carlo, der niedliche Hund des

Nachbarn. Sie alle sind weitaus gefährlicher als der Wolf! Aber vor ihnen fürchten wir uns nicht, obwohl jedes Jahr allein in Deutschland drei bis vier Menschen durch Hundebisse sterben.

Das gefährlichste Tier für uns Menschen ist jedoch, und das ist wirklich verrückt, eine Mücke! Anopheles (oder Malariamücke) hat Jahr für Jahr etwa 400.000 Menschenleben auf dem Gewissen, denn sie überträgt mit ihrem Stich eine tödliche Krankheit: die Malaria. Mit ihren sechs Millimetern Körpergröße ist die Malariamücke damit Spitzenreiter unter den gefährlichen Tieren. Aber sie lebt nicht in Deutschland, sondern in Afrika. In Deutschland hingegen verunglücken jedes Jahr mehr als 3.000 Menschen im Straßenverkehr. Aber haben wir deshalb Angst vor Autos und verbannen sie aus unserem Leben?

Warum fürchten wir uns also vor dem Wolf, nicht aber vor dem Wildschwein oder der Kuh? Vielleicht, weil Wildschweine und Kühe von uns nicht als direkte Konkurrenten um Nahrung wahrgenommen werden? Im Gegenteil, sind sie ja eher … Aber lassen wir das.

Wölfe sind ein Teil der Natur. Und es gab sie über mehrere Jahrhunderte hinweg in Deutschland, bis der Mensch beschloss, sie auszurotten – weniger, weil sie für ihn selbst eine Gefahr darstellten (denn das tun viele andere Tiere und sogar Autos sehr viel mehr!), sondern weil sie Konkurrenten um Nahrung waren: Fleisch.

Es geht also vielleicht weniger um die Frage, ob Wölfe eine Gefahr für uns Menschen darstellen, sondern vielmehr darum, sie nicht weiterhin als Bestien zu sehen – die sie nicht sind –, oder als Kuscheltiere zu verharmlosen, die sie ebenso wenig sind.

Wölfe haben das gleiche Recht wie wir Menschen, auf dieser Erde zu sein. Und wir müssen lernen, mit ihnen zu leben. Denn mittlerweile gibt es ihn mancherorts in Deutschland wieder: den Wald der Wölfe.

Leseprobe

Liv Frohde

Ein Hund für Jakob

Aus dem Norwegischen von Inge Wehrmann
Mit Bildern von Almud Kunert

128 Seiten · Gebunden
ISBN 978 3 522 18435 9

Der Hund hatte den Kopf zwischen die Pfoten gelegt und die Augen einen kleinen Spalt geöffnet. In dem halbdunklen Zimmer war es still. Nur ein rasselndes Geräusch kam vom Bett, in dem sein Frauchen lag. Ab und zu verstummte das Geräusch. Dann stand der Hund auf und legte die Schnauze auf ihre Brust, bis das Geräusch erneut zu hören war und ihre Brust sich unter seinem Kopf hob und senkte. Darauf legte er sich wieder auf den Teppich vor ihrem Bett und hörte, wie die Äste des Pflaumenbaums vom

Wind gegen die Hauswand geschlagen wurden. Spürte, wie ihm vor Hunger der Magen wehtat. Seit mehreren Tagen hatte er nichts mehr gefressen.

Mit zitternden Beinen stand er auf und trottete in die Küche. Leckte ein weiteres Mal seinen leeren Napf aus. Beschnupperte den Fußboden. Roch das Essen, das sein Frauchen in den Backofen gestellt hatte. Er sprang hoch und legte die Pfoten auf den Küchentisch, auf dem er nur ein paar trockene Brotkrümel fand.

Dann ging er wieder zu seinem Frauchen. Jaulte und winselte und zerrte an der Bettdecke. Sie musste aufstehen und seinen Napf füllen. Ihm Wasser geben, denn er war so durstig. Er hatte in den Flur gepinkelt. Auf Frauchens Gummistiefel. Hatte es nicht länger aufhalten können. Er stupste sie mit der Schnauze an, doch sie rührte sich nicht. Ihre Hand war über die Bettkante gerutscht und hing schlaff herunter. Als er sie ableckte, merkte er, dass ihre Finger sich unter seiner Zunge ein klein wenig bewegten. Er wollte, dass sie die Augen öffnete und ihn anschaute. Mit ihrer freundlichen Stimme zu ihm sprach. Ihm den Hals kraulte, wie er es gernhatte.

Nach einer Weile rollte er sich auf dem Teppich zusammen und legte den Kopf auf die Pfoten. Er lauschte auf ihre rasselnden Atemzüge und schlief ein. So lag er da bis zum Morgen und den ganzen Tag, bis es wieder dunkel wurde. Horchte auf die Geräusche vom Bett. Döste ein wenig. Leckte ihre Hand, die so kalt geworden war.

Später in der Nacht setzte er sich auf, bog den Kopf in den Nacken und heulte. Er sprang auf Frauchens Bett. Legte sich auf ihren kalten Körper und bewachte sie, bis das erste Morgenlicht durch die Vorhänge sickerte. Dann zwängte er sich durch das halb geöffnete Waschküchenfenster, schlüpfte durchs Gartentor und machte sich auf die Suche nach Futter. Er trabte den Weg hinab bis zu den Häusern unten am Wasser. Da, wo Menschen waren, würde er etwas zu fressen finden. Er spähte durch den Zaun, hinter dem sein Erzfeind Cäsar lebte. Auf der untersten Treppenstufe sah er einen gefüllten Futternapf und schleckte sich über die Schnauze. Vom Fleischgeruch lief ihm das Wasser im Maul zusammen. Vorsichtig sah er sich um. Cäsar war nicht draußen. Seine Kette lag auf der Wiese. Das Tor war geschlossen, aber nicht ganz. Nach einem weiteren prüfenden Blick, schlüpfte er durch den Spalt zwischen Tor und Zaun und lief zur Treppe. Hastig schlang er einen Happen Hundefutter herunter.

Plötzlich hörte er ein tiefes, drohendes Knurren aus dem Haus. Die Türklinke wurde heruntergedrückt. Der Hund erstarrte, wirbelte herum und raste zur Pforte, während Cäsar durch die offene Haustür gestürmt kam. Der Hund rannte um sein Leben, mit dem wütenden Cäsar dicht auf den Fersen. Er zwängte sich durch den Torspalt und spürte Cäsars heißen Atem im Nacken. Hörte, wie Cäsar gegen das Tor sprang und sich durch die Lücke quetschen wollte, doch er war zu groß. Er gab den Versuch auf und lief bellend am Zaun entlang. Seine rote Zunge hing zwischen den messerscharfen Zähnen heraus. Schaum stand ihm vorm Maul. Der Hund sauste in den Wald hinter dem Haus. Er jagte so schnell dahin, dass sein Herz raste. Lief weiter, bis er nicht mehr konnte, schlüpfte unter einen Baum und legte sich auf die welken Blätter, die sich um den Stamm sammelten. Wachsam spähte er durch die tief hängenden Zweige. So lag er da, bis sein Herz nicht mehr in seiner Brust hämmerte und seine Beine den abgekämpften Körper wieder tragen konnten. Mit der Nase am Boden trabte er ein Stück weiter in den Wald hinein. Unbekannte Gerüche stiegen aus dem Boden auf. Sein Magen krampfte sich vor Hunger zusammen. Er buddelte, um etwas Essbares zu finden. Riss Gras aus und schlang es herunter. Schlabberte kaltes Wasser aus den Pfützen. Das linderte seinen Hunger ein wenig.

Der Wald wurde dichter. Die Morgensonne drang noch nicht bis zu den graubraunen Baumstämmen vor. Der Hund erschrak, als ein großer

Vogel kreischend vor ihm aufflog. Im trockenen Laub raschelte es. Eine Maus flitzte über den Waldboden. Er setzte zum Sprung an, doch sie entwischte ihm und huschte unter eine Wurzel.

Er trabte weiter. Raus aus dem Wald und durch ein Moor. Seine Pfoten versanken im Schlamm. Er lief den ganzen Tag. Fraß ein paar saure, unreife Blaubeeren und trank aus Pfützen. Gegen Abend fing es an zu regnen. Graue Nebelschwaden hingen über dem Wald. Der Wind frischte auf und erfasste die Baumwipfel, die über ihm hin und her schwankten. Müde und erschöpft ließ er sich unter einer Birke nieder, rollte sich dicht am Stamm zusammen und leckte sich die wund gelaufenen Pfoten. Der Wind wirbelte die trockenen Blätter auf. Die Äste fegten über seinen Kopf hinweg. Es schien, als sei der Erdboden unter ihm zum Leben erwacht. Zweige knackten, trockenes Laub raschelte. Das Heulen des Windes machte ihn fast taub. Er schob den Kopf zwischen die Pfoten.

Ein strenger Geruch ließ seinen Körper erstarren. Ein Tier stand vor ihm. Mit rotbraunem Fell und buschigem Schwanz. Es stand regungslos da und fixierte ihn mit schmalen, feindseligen Augen. Der Hund presste sich auf den Boden, sein Körper bebte. Das Tier ließ ihn nicht aus den Augen. Er wagte nicht, sich zu rühren, blickte nur reglos zurück. Irgendwann drehte sich das Tier um und verschwand.

Der Regen wurde stärker. Der Hund drückte sich an den Birkenstamm, um Schutz zu suchen. Seine Ohren waren aufgerichtet, sämtliche Muskeln des Körpers angespannt. Aus Angst, das Tier könnte zurückkehren, traute er sich nicht zu schlafen. Sein Fell war bis auf die Haut durchnässt. Er zitterte vor Kälte.

Gegen Morgen ließ der Regen nach. Der Hund stand steifbeinig auf. Schüttelte sich das Wasser aus dem Fell, dass es nur so spritzte. Der tobende Sturm hatte sich beruhigt. Jetzt war lautes Gezwitscher von den Vögeln zu hören, die über ihm in den Wipfeln umherschwirrten.

Der Hund setzte seine Wanderung fort. Der

Wald lichtete sich. Der Regen hatte die Blätter der Bäume sauber gewaschen und das Gras leuchtete grün. Er ging einen Weg entlang, über den sich Reifenspuren zogen. Er schnupperte: ein kalter, klarer Geruch. Vertraut. Mit der Nase am Boden folgte er der Spur.

Da glitzerte und blinkte es vor seinen Augen. Wasser erstreckte sich vor ihm. Er erkannte es wieder. Hier war er schon einmal mit seinem Frauchen gewesen. Sie hatte Stöcke geworfen, und er war geschwommen und hatte sie zurückgebracht. Er lief hinunter zum Strand und platschte ins Wasser. Tauchte die Schnauze hinein und schüttelte den Kopf, dass es nur so spritzte. Gierig fing er an zu trinken. Das Wasser lief ihm den Hals hinunter. Verrückt vor Freude planschte er herum und lief am Ufer entlang. Es war, als wäre die Lebensfreude in seinem erschöpften Körper neu erwacht. Unter einem Stein fand er die Reste von einem Fisch. Es waren fast nur noch Gräten übrig, aber es schmeckte nach Futter.

Er legte sich ins Gras und streckte sich aus. Spürte, wie die Sonne sein Fell wärmte und schlief ein. Seine Beine zuckten.

Als er aufwachte, trottete er hinauf zur Berghütte, schnupperte am Gras und merkte, dass es nach Menschen roch. Er drehte ein paar Runden ums Haus und suchte nach etwas zu fressen. Pinkelte an die Veranda, um zu markieren.

Auf dem Vogelbrett lag Futter, das konnte er sehen. Das Brett war auf einen hohen Pfahl genagelt worden. Er sprang daran hoch und versuchte, mit der Schnauze gegen das Brett zu stoßen. Immer wieder sprang er. Verrenkte sich in der Luft und reckte den Hals nach oben, aber das Brett war zu weit oben. Schließlich warf er sich gegen den Pfahl. Brotstücke regneten auf die Wiese herab. Wie ein Wilder machte er sich darüber her. Dann sprang er noch einmal gegen den Pfahl und noch mehr Brot fiel zu Boden, bis das Brett leer war.

Erschöpft legte er sich auf die harte Holzveranda der Hütte und sog den Geruch nach altem Holz ein. Die Augen fielen ihm zu. Im Rauschen des Windes glaubte er, die Stimme seines Frauchens zu hören. Er rollte sich zusammen, legte den Kopf auf die Pfoten und seufzte tief.

Zwei Tage lang blieb er bei der Berghütte. Dann trieb ihn der Hunger weiter durch den Wald.